Angela Staberoh

Wer ist's?

Angela Staberoh

Wer ist's?

66 deutschsprachige Literatinnen und Literaten zum Erraten

LangenMüller

in memoriam Anja

Besuchen Sie uns im Internet unter
www.langen-mueller-verlag.de

Schutzumschlag: Wolfgang Heinzel
Illustrationen von Claudia S. Sanna
Herstellung und Satz: VerlagsService Dr. Helmut Neuberger
& Karl Schaumann GmbH, Heimstetten
Gesetzt aus der 10,75/14 Punkt Berkeley Book
Druck und Binden: GGP Media GmbH, Pößneck
Printed in Germany
ISBN 3-7844-3039-2
ab 1.1.2007: ISBN 978-3-7844-3039-3

Inhalt

Willkommen zum vergnüglichen Literatur-Quiz

Liebe Leserinnen und Leser,
in diesem Buch möchte ich Ihnen deutschsprachige Literaten aus drei Jahrhunderten vorstellen, allerdings nicht mit ihren Namen. Stattdessen erzählen Geschichten, um wen es sich handelt.
Lassen Sie sich auf die Folter spannen. Stapfen Sie mitten durch das Leben und die Werke von illustren Nobelpreisträgern und einfühlsamen Dichtern! Unter ihnen befinden sich notorische Ehebrecher, Suizidenten und emanzipierte Frauen, die allesamt um ihre Gunst buhlen. Die Auswahl der Autoren erfolgte nach rein subjektiven Kriterien, nur eines haben die 66 vielversprechenden Kandidaten miteinander gemein: Sie befinden sich alle bereits im Jenseits.
Im Literaturverzeichnis ist entweder ein Einzel- oder das Gesamtwerk des Gesuchten aufgelistet. Fast alle Bücher sind noch oder wieder – in neuer Auflage – im Buchhandel erhältlich. Für vergriffene Bücher bieten die meisten Bibliotheken die Möglichkeit der Fernleihe an. Da die Namen der Autoren erst im Anhang stehen, können Sie in 66 Kapiteln ihre Literaturkenntnisse testen. Erfahren Sie schon nach dem zweiten Satz ein lustvolles Heureka-Erlebnis oder macht es erst bei der Namensnennung »Klick«? Nun wünsche ich Ihnen eine ununterbrochene Serie freudiger Ausrufe:
»Ganz klar, das kann nur der Dingsda sein!«

Der Aufklärer

Liebe Leser, Sie sind weise. Jeder weiß es. Die gesamte Verwandtschaft weiß es. Auch die größten Skeptiker unter Ihren Kollegen müssen höchst widerstrebend einräumen, dass selbst der große Prediger Salomo bei Ihnen noch in die Lehre gehen könnte. Selbstverständlich verbietet Ihnen Ihre große Weisheit, sich vor den Spiegel zu stellen und neugierig zu fragen: »Spieglein, Spieglein an der Wand, wer ist der Weiseste im ganzen Land?« Das ist auch gut so. Denn dann würde Ihnen das Spieglein unbekümmert und mit einem leicht schadenfrohen Unterton antworten: »Der Weiseste im ganzen Land, der seid Ihr. Aber weit im Süden, in einem Land hinter den großen Bergen, da lebt einer, der ist hundertmal weiser noch als Ihr.« Es versteht sich zwar von selbst, dass Sie bei Ihrer Weisheit jetzt nicht vor Wut ausrasten, aber zerknirscht sind sie schon ein wenig.

Nicht ein einziger Religionskrieg hätte die Menschheit heimgesucht und ihr Verfolgung, Folterung und unsägliches Leid gebracht, wenn sie sich hinter die Ohren geschrieben hätte, was der Weise aus dem Morgenland dem grimmigen Muselmanen Saladin über die unterschiedlichen Religionen sagt:

Denn gründen alle sich nicht auf Geschichte? Geschrieben oder überliefert! –

Und Geschichte muss doch wohl allein auf Treu und Glauben angenommen werden? – Nicht?
Nun, wessen Treu und Glauben zieht man denn am wenigsten in Zweifel?
Doch der Seinen? Doch deren Blut wir sind? ... Wie kann ich meinen Vätern weniger als du den deinen glauben? Oder umgekehrt ...

Saladin ist überwältigt. Schon mit diesen einleitenden Worten des berühmten Ring-Gleichnisses gelingt es dem weisen Nathan, ihm die Augen zu öffnen.
Der Verfasser des Theaterstücks »Nathan der Weise« studierte Theologie und Medizin in Leipzig, vor etwa 250 Jahren. Da er sich aber eher zur Literatur hingezogen fühlte, brach der in Kamenz in der Lausitz geborene Sohn eines Pastors schon nach zwei Jahren sein Studium ab, um sich als freier Schriftsteller zu betätigen. Es entstanden in rascher Folge die Frühwerke »Der junge Gelehrte«, »Die Juden« und »Der Freigeist«. Als Sekretär des Generals von Tauentzien in Breslau sammelte er in den Wirren des Siebenjährigen Krieges viele oft grausame Eindrücke, welche er in seinen späteren Lustspielen wie »Minna von Barnhelm« und Dramen wie »Emilia Galotti« verarbeitete. Im letzteren Werk erdolcht ein Vater seine Tochter, um sie vor der drohenden Schändung durch einen geilen Adligen zu bewahren.
Nach einer künstlerischen Phase als Dramaturg am Theater in Hamburg arbeitete der Dichter mit der hochtoupierten Perücke und den wachen, fast schlitzohrig dreinblickenden Augen als Bibliothekar in der Herzog-August-Bibliothek in Wolfenbüttel, nur unterbrochen durch Reisen mit dem Prinzen Leopold nach Italien. In der niedersächsischen Stadt erlebte der führende Vertreter der deutschen Aufklärung seine

schönsten, aber auch schlimmsten Jahre. 1776 heiratete er die junge Witwe Eva, die er schon in Hamburg kennen gelernt hatte. Nur ein Jahr später stirbt sein geliebtes Evchen. Das Trauern nimmt kein Ende, denn auch sein kleines Söhnchen musste er kurz darauf begraben. »Ich wollte es auch einmal so gut haben wie andere Menschen. Aber es ist mir schlecht bekommen«, klagt er seinem Freund J. J. Eschenburg.

Ein ausgeprägtes Streben nach Wahrheit und Erkenntnis bestimmt das Dichten und Denken des Vorreiters für ein neues Selbstbewusstsein des Bürgertums. Über ihn steht in »Wege der deutschen Literatur«: »Er ist skeptisch, satirisch, aphoristisch, polemisch, dialektisch, vom Fabelcharakter der Dichtung, ihrer praktischen Nutzanwendung zur Verbesserung der Sitten und Moral, überzeugt.«

Der vom Schicksal so hart gebeutelte Schriftsteller ist erst 52 Jahre alt, als ihn beim Besuch eines Freundes in Braunschweig ein Schlaganfall trifft. Er beendet die höchst produktive Schaffensperiode eines Mannes, der die Entwicklung der deutschen Literatur nachhaltig beeinflusst hat.

?

Wie heißt dieser Dichter, der so viel über Weisheit schreiben konnte?

37

Der Freund von Goethe

Liebe schwärmt auf allen Wegen,
Treue wohnt für sich allein;
Liebe kommt euch rasch entgegen,
Aufgesucht will Treue sein.

Es scheint, als sei der in der ostpreußischen Stadt Mohrungen geborene Verfasser dieses Gedichtes erst nach einem wacker parierten Angriff auf seine eigene Treuefähigkeit im Stande gewesen, solch poetische Hymne an die Beständigkeit zu Papier zu bringen. Kein Problem mit der Treue hatte hingegen seine Gattin Karoline, denn sie war ihm zeitlebens in zärtlicher und inniger Liebe zugetan.
Der Lyriker selbst zählte zu seiner Zeit zu den einflussreichsten Denkern Deutschlands. Während seines Theologiestudiums in Königsberg lernte er den berühmten Philosophen Immanuel Kant kennen. Dieser Universitätslehrer übte einen großen Einfluss auf seine Schriften aus. Es sollte jedoch noch mehrere Jahrzehnte dauern, bis er das in der Studienzeit akkumulierte Wissen in seinem Werk »Metakritik zur Kritik der reinen Vernunft« verarbeitete. Zuvor jedoch realisierte der Theologe und begnadete Übersetzer eine Vielfalt von bedeutenden literarischen Werken. Mit den Schriften »Fragmente über die neuere deutsche Literatur« und »Kri-

tische Wälder« stellte er schon zu Beginn seines Schaffens gleichsam die Weichen für seine große literarische Laufbahn.

Während seiner Tätigkeit als Reiseprediger des Erbprinzen Peter Friedrich Wilhelm von Eutin erwarteten den Dichter aufregende und erfreuliche Ereignisse. In Darmstadt verliebte er sich unsterblich in die hübsche Karoline und in Straßburg lernte er den gerade mal 21 Jahre alten Goethe kennen. Bald darauf erhielt der Ostpreuße eine feste Anstellung als Hauptprediger und Konsistorialrat in Bückeburg. Nun konnte er es sich endlich leisten, seine Karoline zu ehelichen und weiterhin Bücher zu schreiben. Er verfasst in den folgenden Jahren theologische Schriften genauso wie eine Sammlung an Volksliedern, zusammengefasst in »Stimmen der Völker in Liedern«.

Goethe lockte den Freund nach Weimar. In dieser Stadt wurde er Generalsuperintendent und erster Prediger an der Stadtkirche, und es blieb ihm sogar noch genügend freie Zeit, sein Hauptwerk »Ideen zur Philosophie der Geschichte der Menschheit« zu entwickeln. Auf einer Italienreise, die er gemeinsam mit Goethe unternahm, überredete ihn dieser, die ihm anschließend angebotene Professur in Göttingen nicht anzunehmen, sondern in Weimar zu bleiben. Ein Schritt, den die beiden Freunde bereuen sollten, denn in der kommenden Zeit entfremdeten sie sich zusehends voneinander. Auch materielle und gesundheitliche Sorgen plagten inzwischen den überragenden Denker, ebenso wie die nagende Eifersucht auf die immer enger werdende Freundschaft zwischen Goethe und einem anderen Dichter: Friedrich Schiller. Die Dissonanzen wurden noch verstärkt, weil Goethe ihm als angenehmen Nebeneffekt für sein Verbleiben in Weimar eine finanzielle Verbesserung in Aussicht gestellt hatte, die jedoch nicht in der erwarteten Dimension eingetreten war.

Selbst die Erhebung in den Adelsstand im Jahre 1802 durch den Kurfürsten von Bayern kann die Verdrießlichkeiten am Lebensende nicht mehr glatt bügeln. Ein Jahr später stirbt der frisch Geadelte an einem unheilbaren Leberleiden, dessen Fortschreiten auch durch mehrere Kuren in verschiedenen Heilbädern nicht aufzuhalten war.

Heute kennen ihn und seine Werke nur noch wenige Menschen, dabei reicht sein Einfluss von der deutschen Poesie bis in die Literatur und Lyrik unserer Gegenwart. Nur wenige Geistesgrößen haben so viele deutliche Spuren in der kulturhistorischen und religionsphilosophischen Landschaft hinterlassen wie dieser Genius.

Zu finden ist der Dichter nicht nur in Büchern, sondern auch in der Walhalla, der nach einem Entwurf von L. v. Klenze als Nachahmung eines griechischen Tempels errichteten Ruhmeshalle, in der Nähe von Regensburg. Hier wacht er seit vielen Jahren als Stein gewordener Mahner darüber, dass dem deutschen Volk der gesunde Menschenverstand nicht abhanden kommt. Bleibt die Frage, ob er damit Erfolg hat.

?

Wie heißt der treue Lyriker?

24

Der Frauenverehrer

Weshalb zog es vor mehr als 200 Jahren diesen vielseitigen Dichter in den Süden Europas, besser gesagt an den Stiefel? Ganz einfach. Der Literat – er wird genauso häufig zitiert von distinguierten Herren in feinen Nadelstreifenanzügen wie von hemdsärmeligen Möbelpackern – wollte nur mal gucken, ob dort wirklich Zitronen blühen.

Die bunt bebilderten Reisekataloge mit verlockenden All-inclusive-Angeboten waren noch in Vorbereitung, sodass dem großen Meister nichts anderes übrig blieb, als sich selbst mit der Routenplanung herumzuschlagen. Und da die Einnahmen aus seinen Veröffentlichungen gerade sprudelten, entschied er sich für die schnellste Intercity-Verbindung des ausgehenden 18. Jahrhunderts, den »Lindauer Boten«. Sein Tempo war geradezu halsbrecherisch. In nur sechs Tagen geleitete er die gut betuchten Reisenden von der Reichsstadt Lindau ins oberitalienische Mailand und mit derselben atemberaubenden Geschwindigkeit wieder zurück in den Norden.

Nicht nur herrliche Landschaften fand der teutonische Besucher jenseits der Alpen vor, sondern auch Grund zum Mäkeln. Bei der Besichtigung des im ersten Jahrhundert nach Christus bei einem Vesuvausbruch verschütteten Herculaneum rümpfte er die edle Nase. Die unterirdischen Grabungen seien nicht in bewährter deutscher Bergwerkskunst durchgeführt worden, nörgelte der Fachmann für fast alle Angelegenheiten.

Wie viele Damen der heutige Abiturientenschreck im sonnigen Süden beglückte, darüber schweigt sich das überragende literarische Genie aus. Sein Verschleiß an Vertreterinnen des schwachen Geschlechts in Weimar war jedoch enorm. Er ließ sich sogar zum Äußersten hinreißen: zum Schritt vor den Traualtar. Dieses mutige Unterfangen hielt ihn allerdings nicht davon ab, sich weiterhin in fremden Betten zu tummeln. Aber nicht mit diesen Vorlieben des Multitalents werden gelangweilte Schüler von nicht minder gelangweilten Lehrern bis ins kleinste Detail gefüttert, sondern mit seinen bahnbrechenden Erkenntnissen der Farbenlehre, der spektakulären Entdeckung des Zwischenkieferknochens beim Menschen, Dutzenden von aufwühlenden Schauspielen und natürlich mit Hunderten von tiefgründigen Gedichten. Eines davon soll hier wieder in Erinnerung gebracht werden: ein Epirrhema!

Noch nie gehört? Sollten Sie während Ihres Griechischunterrichts gerade geschlafen, oder besser, von einer abenteuerlichen Alpenüberquerung geträumt haben, mit Überfällen blutrünstiger Räuberbanden, denen Sie kühn das Handwerk legen, hier die deutsche Übersetzung: das Dazugesprochene. Falls Sie damit immer noch nichts anfangen können, dann sei Ihnen hier eine anschaulichere Version angeboten: zu etwas seinen Senf dazugeben. Dieser Senf ist bei unserem Literaten ausnahmsweise so gut, dass es sich lohnt, innezuhalten und über ihn nachzudenken:

Epirrhema
Müsset im Naturbetrachten immer eins wie alles achten.
Nichts ist drinnen, nichts ist draußen: denn was innen, das ist außen.
So ergreifet ohne Säumnis heilig öffentlich Geheimnis
Freuet euch des wahren Scheins, euch des ernsten Spieles.
Kein Lebendiges ist ein Eins, immer ists ein Vieles.

Hat Sie Ihre gute Kinderstube bisher daran gehindert, Ihre Feinde mit der wohl am häufigsten zitierten Beschimpfung der deutschen Literatur zu beglücken? Das ist zu hoffen. Sollte jedoch wider Erwarten diese freundliche Einladung einmal wie der Korken einer Champagnerflasche aus Ihnen herausknallen, dann bitte ich Sie, sich dabei wenigstens exakt an die literarische Vorlage im »Götz von Berlichingen« zu halten. Dort steht nämlich: … im …! und nicht: … am …! Sie beweisen damit auch in schwierigen Situationen Ihre tadellose literarische Allgemeinbildung. Wie oft der Vielschreiber im Übrigen selbst das unsterbliche Zitat, das er seinem Götz in den Mund gelegt hat, benutzt hat, ist leider nicht überliefert.

?

Welcher italophile Dichter wird wahrscheinlich am häufigsten von allen Literaten zitiert?

18

Der Rebell

Schon 34 Jahre nach seinem Tod schweifte sein vergeistigter Blick von einem Sockel auf die Literaturfreaks seiner Zeit. Steinern, schön wie ein junger Gott, die schmalgliedrigen Finger fast nachlässig die Seiten eines Buches umfassend, steht er immer noch unverrückbar da und lässt uns literarisch Minderbemittelte vor Ehrfurcht erschauern. Er war der König des Idealismus. Leidenschaftlich führte er das Wort gegen den Absolutismus und seine Vertreter. Intrigen verabscheute er zutiefst und stellte ihnen gegenüber die Ideale des reinen Gefühls. Shakespeare, den er zutiefst verehrte, stand Pate für die aufwühlenden Szenen seines ersten Theaterstückes, das 1782 in Mannheim uraufgeführt wurde. »Das Theater glich einem Irrenhause, rollende Augen, geballte Fäuste, heisere Aufschreie im Zuschauerraum. Fremde Menschen fielen einander schluchzend in die Arme, Frauen wankten, einer Ohnmacht nahe, zur Türe!«, kommentierte ein Zuschauer. Diese reißerische Reportage könnte genauso gut ein Konzert der Rolling Stones beschreiben. Es waren jedoch nicht wie entfesselt auf der Bühne herumstrampelnde und kreischende ältliche Herren, sondern »Die Räuber«, die das Publikum in Ekstase versetzten.

Keinerlei Ekstase, sondern Verdruss in höchstem Maße brachte diese Theateraufführung dem jungen Autor ein.

Dem württembergischen Herzog Karl Eugen, an dessen Stuttgarter Militärakademie der Student mit den schöngeistigen Ambitionen Jura und Medizin studiert hatte, war die provozierende dichterische Betätigung seines Zöglings ein Riesendorn im Auge. Dem jungen Rebell blieb nur die Flucht. Welch weise Entscheidung. Denn sie ebnete ihm den Weg für die Freundschaft mit Goethe und das Schreiben von Bestsellern wie z. B. »Kabale und Liebe«, »Don Carlos« und »Wallenstein«.

Aber nicht all seine Zeitgenossen riss der wenige Jahre vor seinem Tod in den Adelsstand erhobene Dichter zu Begeisterungsstürmen hin. Friedrich Nietzsche bezeichnete ihn etwas abfällig als den »Moraltrompeter von Säckingen«, und eine versnobte Salonlöwin soll sich vor Lachen gekringelt haben über die – aus ihrer Sicht – kitschige »Glocke«.

Der Professor für Geschichte an der Jenaer Universität war durch Zufall auf die Beschreibung der 4500 Kilogramm schweren Glocke des Schaffhausener Münsters gestoßen, von der ein etwa 60 Kilogramm schweres Stück abgebrochen war. Die lateinische Inschrift an der lädierten Bimmelvorrichtung »vivos – voco, mortuos – plango, fulgura – frango« (Die Lebenden rufe ich, die Toten beklage ich, die Blitze breche ich) inspirierte ihn 1799, »Das Lied von der Glocke« zu schreiben.

Die Schaffhausener bekümmert es immer noch, dass einer, der im gleichen Atemzug mit Goethe genannt werden muss, zwar ihre miserabel gegossene Glocke literarisch verewigt, jedoch niemals die Stadt selbst beehrt hat. Dabei verdanken die Schweizer dem Schöpfer der heimlichen Welthymne »Freude schöner Götterfunken« ihre internationale Reputation. Weder der löchrige Schweizer Käse noch die Schweizer Präzisionsuhren haben dazu beigetragen, die Eidgenos-

sen in der ganzen Welt berühmt zu machen, sondern ein auf das akkurate Durchschießen von knackigen Äpfeln spezialisiertes kluges Kerlchen namens Wilhelm Tell. Die ebenso spannende wie erfolgreiche Verschwörung, in die der helvetische Nationalheld verwickelt war, hat der in Marbach am Neckar geborene und lange Jahre an einer Lungenkrankheit leidende Dichter für die Nachwelt festgehalten.
Perlen vor die Säue! Jawohl, das ist es. Die Glocke unzähligen Generationen von sich meist langweilenden Schülern vorzusetzen, heißt, Perlen vor die Säue zu werfen. Wie ungemein bereichernd ist der Stoff, bis zum Überlaufen voll mit Lebensweisheiten, für geläuterte Fünfzigjährige, denen der unerbittliche Lebenshobel alle Flausen und Illusionen erbarmungslos und gründlich weggeschliffen hat.
Und Recht hat er, der literarische Glockengießer, mit seiner Erkenntnis: *Der Wahn ist kurz, die Reu ist lang*. Wenn Sie dem Wahn verfallen sind, in der Spielbank Ihren prosperierenden Spezialverlag beim Roulette auf Zero zu setzen, um nach der garantiert einsetzenden Glückssträhne eine stattliche Druckerei draufzusatteln, dann wird auch Ihre Reu bitter und lang sein.

?

Wessen Statue steht auf dem Alten Schlossplatz in Stuttgart?

52

Der Philantrop

Schließen Sie gerne Wetten ab? Dann befinden Sie sich in bester Gesellschaft mit dem schlitzohrigen Zundelfrieder und seinem Bruder, dem ebenfalls mit allen Wassern gewaschenen Zundelheiner. Von diesen beiden Gestalten handelt eine amüsante Ganovengeschichte des 19. Jahrhunderts.
Kaum hat sich das mächtige Gefängnistor mit dumpfem Knarren vor dem Frieder und dem Heiner geöffnet, um sie in die süße Luft der Freiheit zu spülen, gelüstet es die beiden liebenswerten Kleinkriminellen schon wieder, einen ehrbaren, nichts ahnenden Bürger, genannt Roter Dieter, reinzulegen. Dieser erhält ein gar geheimnisvolles Briefchen und wird – ob er will oder nicht – zu einer höchst seltsamen Wette eingeladen:

Roter Dieter, seid heute Nacht auf Eurer Hut, denn es haben zwei Diebsgesellen eine Wette getan: Einer will Eurer Frau das Leintuch unter dem Leibe wegholen, und Ihr sollt es nicht hindern können!

In der schützenden Dunkelheit der Nacht schleichen die Schelme durch ein Hanffeld heran, stellen eine Leiter ans Fenster des Roten Dieter und schieben einen ausgestopften

Strohmann auf die oberste Sprosse. Als der Rote Dieter das Kratzen der Leiter an der Hauswand vernimmt, stürzt er ans Fenster und versetzt dem vermeintlichen Einbrecher aus aller Kraft mit einem dicken Prügel einen Schlag auf den Kopf. Mit einem lauten Schrei des Entsetzens stürzt die Strohpuppe von der Leiter. Während der Rote Dieter nach draußen geht, um sich zu vergewissern, dass der Dieb außer Gefecht gesetzt ist, schleicht der Zundelfrieder in das Schlafzimmer und flüstert des Dieters Frau zu:

> *Der Kerl ist mausetot. Jetzt gib' mir geschwind das Leintuch, so will ich ihn darin forttragen in den Wald, und will ihn dort einscharren. Sonst geht's zu bösen Häusern.*

Mit dem bereitwillig hervorgezogenen Leintuch stiehlt sich der Frieder aus dem Haus. Wette gewonnen!
Sollten Sie zu Hause einen garstigen Nachbarn haben, mit dem Sie eine solche Wette erfolgreich austragen wollen, dann achten Sie unbedingt darauf, dass die bezaubernde Gattin Ihres Lieblingsfeindes, nach deren Satinleintuch Sie gieren, nicht die vergnüglichen Geschichten dieses Basler Dichters gelesen hat. Sonst kann es sein, dass …
Wie in seinen Geschichten, so hatte dieser Poet auch im wirklichen Leben eine heitere Art, die selbst durch heftige Schicksalsschläge von Kindheit an nicht ins Wanken geriet. Vater, Mutter und die kleine Schwester verlor er früh. Als der dichtende Theologe und Rektor des Karlsruher Gymnasiums 1805 die Freiherren Karl und Ernst von Menzingen während einer längeren Reise begleitete, hatte er seinen größten Karrieresprung noch vor sich. Denn 1819 wurde er zum ersten Prälaten der evangelischen Kirche ernannt. Selbst als Professor für Dogmatik war er dem Volk ganz nahe

und schaute ganz tief in seine Seele. Die reiche Ausbeute seiner Beobachtungsgabe spiegelt sich in seinen »Alemannischen Gedichten« und im »Schatzkästlein des Rheinischen Hausfreundes« wieder, in dem auch die abenteuerlichen Geschichten des Zundelheiners enthalten sind. Trotzdem er in seinen vielen Erzählungen die verborgenen Winkel der Menschen aufdeckte, liebte er sie immerzu – gerade so, wie sie waren.

?

Wie heißt der literarische Vater der listigen Brüder Zundelheiner und Zundelfrieder?

22

Der humoristische Romantiker

Lieber Leser, sind Sie erstens scheidungswillig und zweitens humorvoll? Anstatt den üblichen langweiligen Weg zum Scheidungsanwalt einzuschlagen, könnten Sie einmal eine höchst ungewöhnliche Methode testen, um wieder Ihre ersehnte Freiheit zurückzuerlangen. Lassen Sie sich einfach von Ihrem besten Freund für scheintot erklären. Bevor der Sarg seinem Bestimmungsort zugeführt wird, entsteigen Sie diesem putzmunter, ohne peinliche Erklärungnot gegenüber Ihrer Ex-Gattin, die Sie eben zur Witwe befördert haben, und ohne lästige Unterhaltspflichten.

Vor etwa 200 Jahren hat sich diese Methode für einen ganz besonders konfliktscheuen Ehemann als sehr geeignet erwiesen. Es ist die Rede von dem Protagonisten des Romans »Blumen-, Frucht- und Dornenstücke oder Ehestand, Tod und Hochzeit des Armenadvokaten F. St. Siebenkäs im Reichsmarktflecken Kuhschnappel«. Die Probe aufs Exempel müsste wirklich nochmals gemacht werden – vielleicht funktioniert es ja immer noch.

Der einfallsreiche Autor musste sich nach Erscheinen seines Werkes mit kleinkarierten Einwänden auseinander setzen, die das Scheinsterben im Allgemeinen und die betrügerischen Machenschaften mit der preußischen Witwenkasse im Speziellen als unmoralisch anprangerten. Deshalb stellte

sich der Erfolg auch nur sehr zögerlich ein. Aber zu Beginn des 19. Jahrhunderts war die Zeit reif für den poetischen Realismus, der seinen Wegbereiter doch noch zum Erfolgsautor werden ließ.
Der in Wunsiedel im Fichtelgebirge geborene Sohn eines Pfarrers besuchte das Gymnasium in Hof. Durch den Tod des Vaters geriet die Familie in eine finanzielle Schieflage, sodass sich der lernbegierige Jüngling nur mit einem Armenzeugnis an der Universität Leipzig einschreiben konnte, um Theologie und Philosophie zu studieren. Doch obwohl er sich auf die kärglichsten Mittel beschränkte, reichte das Geld nicht aus, um das Studium abzuschließen. Sein Lebenstraum, als freier Schriftsteller zu arbeiten, endete damit erst einmal in einer Hauslehrerstelle. Aber dann gelang ihm doch noch der Durchbruch: Mit dem Roman »Die unsichtbare Loge« überzeugte er seinen Verleger, der bereitwillig – zur großen Freude der schnell anwachsenden Leserschaft – auch das nachfolgende Werk »Hesperus, oder 45 Hundsposttage. Eine Lebensbeschreibung« veröffentlichte.

> *»Der Theolog hasset juristische Anspielungen – der Jurist theologische – der Arzt beide – der Mathematiker alle vorigen – ich liebe sie alle; was soll man da lassen oder nehmen?«*

So schreibt der Dichter augenzwinkernd im Vorwort zu diesem Roman, in dem mehrere Handlungsstränge in verwirrender Weise nebeneinander laufen. Undurchsichtige Verstrickungen in einem kleinen Hofstaat, in die ein englischer Lord, ein indischer Weiser und ein Revolutionär, der für die Demokratie kämpft, verwickelt sind, werden mit einer gigantischen Skala an Stimmungen geschildert.

Die Titel seiner Werke klingen so satirisch wie auch ihr Inhalt ist: »Leben des Quintus Fixlein, aus fünfzehn Zettelkästen gezogen, nebst einem Mustheil und einigen Jus de tablette« oder »Des Feldpredigers Schmelzle Reise nach Flätz mit fortgehenden Noten; nebst der Beichte des Teufels bey einem Staatsmanne«. Skurril-Heiteres aus der Welt des Kleinbürgertums, zu dem er selbst gehörte und das er gleichzeitig hasste und liebte, erwartet den Leser, wenn er sich auf diesen Autor einlässt. In seinen Werken ist er konsequent der Frage nach den Ursachen des Daseins und des Bösen ausgewichen. Die Angst, ein bohrendes »Warum« nicht beantworten zu können, ließ ihn auf die liebevoll-spöttische Beschreibung der unermesslichen Bandbreite menschlicher Charaktere und Stimmungen ausweichen. Der Mensch zeigt sich bigottisch oder atheistisch, gelehrt oder stumpfsinnig, altruistisch oder egoistisch, romantisch oder materialistisch, griesgrämig oder überschäumend fröhlich. Aus diesen gegensätzlichen Seelenzuständen komponierte der unter einem Pseudonym schreibende Autor seine humorvollen Werke.
Der Dichter heiratete eine Beamtentochter, war Anhänger der christlichen Unsterblichkeitslehre und wählte Bayreuth als Lebensmitte. Ganz besonders heimisch fühlte er sich in der »Rollwenzelei«, einer vor der Stadt gelegenen Wirtschaft, in die er sich häufig zurückzog, um ungestört von häuslichem Gequengele schreiben zu können, etwa journalistische Beiträge für das Cottasche Morgenblatt. Durch seine politischen Standpunkte wurde er zeitlebens zu einer Leitfigur für die deutsche Burschenschaftsbewegung, die ihn zu ihrem Lieblingsdichter erkürte.
Mit dem Tod seines Sohnes Max brach seine Erfolgssträhne abrupt ab. Wenige Jahre später wurde bei dem großen Vor-

bild von Hermann Hesse der graue Star diagnostiziert. Er erblindete fast. Die damit verbundene Untätigkeit – das Diktieren seiner Texte und Vorlesen durch andere Personen wurde für ihn eine Qual – ließ ihn in ein tiefes Loch fallen, aus dem er nicht mehr herausfand. Mit 61 Jahren starb der überragende Dichter in Bayreuth.

?

Welcher Literat ließ einen seiner Helden als Scheintoten in einen Sarg sperren?

42

Der Phantast

Pfarrer wollte er niemals werden. Das stand für ihn fest. Weder seine Erziehung an der protestantischen Klosterschule in Maulbronn noch seine Studien an den Universitäten Tübingen und Jena konnten ihn von dieser Entscheidung abbringen. Doch, zu was war dann das Theologiestudium, zu dem ihn seine Mutter gedrängt hatte, nutze? Es taugte nur noch dazu, sich als Hauslehrer bei der High Society des 19. Jahrhunderts in Europa zu verdingen. Mehr schlecht als recht konnte er sich damit über Wasser halten. Von den Früchten seiner lyrischen Begabung hätten nicht einmal die Flöhe leben können, die er sich später auf der langen Wanderung zu einem viel versprechenden neuen Arbeitsplatz beim reichen Weinhändler und Konsul Meyer in Bordeaux eingefangen hatte.
Aber irgendwie schien die Chemie nicht gestimmt zu haben zwischen dem Konsul und dem Hauslehrer aus Schwaben, denn nur wenige Monate später trat Letzterer wieder seine Heimreise an. Erneut auf Schusters Rappen.
Einige Jahre zuvor schien die Übereinstimmung der individuellen Chemie noch alle Rekorde zu brechen – zwar nicht mit dem damaligen Dienstherrn, aber mit der Gattin desselben. Die unerwartete Kompatibilität war so hervorragend, dass der Hauslehrer seine Stelle in Frankfurt verlor, da es der Ehemann

der angehimmelten Susette höchst unerquicklich empfand, in aller Öffentlichkeit kompromittiert zu werden. Diese sehnsuchtsvolle und zärtliche Liebe war es jedoch, die einem der bedeutendsten deutschen Lyriker die Augen öffnete für seine Lebensideale: Die mythische Synthese von menschlicher Vollkommenheit und tief gefühlter Religiosität. Eine Zeit lang noch war er sich schmerzlich bewusst, dass Wirklichkeit und Wunschdenken bedauerlicherweise weit auseinander klafften. Fast resignierend dichtete er in Hyperions Schicksalslied:

Doch uns ist gegeben, auf keiner Stätte zu ruhn,
Es schwinden, es fallen die leidenden Menschen
Blindlings von einer Stunde zur andern,
Wie Wasser von Klippe zu Klippe geworfen,
Jahrlang ins Ungewisse hinab.

In seinem Briefroman »Hyperion« und im Dramenfragment »Empedokles« entwarf der Sophokles-Übersetzer das Idealbild des harmonischen Menschen: Der junge Grieche Hyperion beschreibt in seinen Briefen an einen deutschen Freund sein Streben nach höchster Bildung und Vollkommenheit. Hyperion kann die höchste Harmonie nur erreichen mit Hilfe von Diotima, der makellosen und reinsten Frauengestalt von Hellas. Sie leitet ihn an zur erfahrbaren Synthese von Kosmos, religiöser Ekstase und Menschsein. Aber die Götter sind ihm nicht gnädig. Diotima stirbt. Hyperion, seiner Leitfigur beraubt, zieht sich in die Einsamkeit zurück. Enttäuscht von der grobschlächtigen Gesinnung seiner Zeitgenossen, die mit seinen hochgeschraubten Idealen herzlich wenig anfangen können, lebt er als Eremit im Einklang mit der Natur und in verklärter Erinnerung an sein Leitbild.
Als der in Lauffen am Neckar geborene Dichter nach seiner

Rückkehr aus Frankreich vom Tod seiner Susette, die er als göttliche Diotima in »Hyperion« unsterblich machte, erfuhr, waren die grausamen Weichen für sein weiteres Leben gestellt. Die ersten beunruhigenden Symptome einer geistigen Erkrankung verdichteten sich wenige Jahre später zu der Gewissheit, dass für den genialen Brückenbauer zwischen Klassik und Romantik die unentbehrliche persönliche Brücke zur Realität verschüttet sein würde.
Der zerrissene Geist, der sich stets nach dem verlorenen goldenen Zeitalter der Griechen gesehnt hatte, dämmerte fast vierzig Jahre in einem Turm in Tübingen in seiner eigenen Phantasiewelt dahin, liebevoll umsorgt von der Familie eines Tischlers, bevor er für immer in ein nicht greifbares Traumland hin entschlummerte.

?

Wie heißt der Wanderer mit dem schwärmerischen Herzen?

27

Der Spätzünder

Sie nannten ihn auch Johann von Magdeburg. Der renommierteste Literaturkritiker des frühen 19. Jahrhunderts stellte in seiner unnachahmlich kompetenten Art fest, dass die Theaterstücke dieses Johann denen von Friedrich Schiller gleichzustellen seien. Und der eloquente Fachmann jener Zeit wusste, von was er sprach. Denn er selbst führte die damaligen Bestsellerlisten an. Sie ahnen wohl schon, wer vor 200 Jahren zu jedem Gekritzel seinen Senf dazugab. Kein Geringerer als Herr von Goethe.

Der unangefochtene Kaiser unter den Dichtern war sehr angetan von diesem umtriebigen jungen Magdeburger, der siebzehnjährig seine Gymnasiastenzeit abgebrochen hatte, um sich einer wandernden Theatertruppe anzuschließen. Bald darauf traf ihn jedoch wie ein Blitzschlag die Erkenntnis, dass mit einem Abitur in der sonst leeren Tasche die Berufsaussichten doch viel rosiger wären. Dies mag ein Hoffnungsschimmer sein für all jene Eltern, deren eigensinnige, abgeklärte Sprösslinge ebenfalls kurz vor der Reifeprüfung den ganzen Krempel hinwerfen wollen, um mit einer zweifelhaften Zirkusgruppe durch die Lande zu tingeln.

Nun, dieser vom Saulus zum Paulus konvertierte literarische Nachwuchs studierte nach seiner erfolgreich abgeleg-

ten Matura Theologie. Mit einer Promotion im Gepäck siedelte er in die Schweiz nach Aarau über. 1802 unternahm er zusammen mit Heinrich von Kleist und Ludwig Wieland eine ausgedehnte Wanderung durch die Alpenrepublik, die der literarischen Männerrunde eine ungeahnte Fülle von Anregungen für ihre weiteren Buchprojekte lieferte.
Der von Goethe so wohlwollend erwähnte Neu-Aarauer war für allerlei Überraschungen gut. Denn er schrieb nicht nur unzählige Bücher, wie »Der König von Akim«, »Der tote Gast«, »Die Walpurgisnacht«, »Ein Narr des 19. Jahrhunderts« und »Jonathan Frock«, sondern gründete in der Schweiz auch eine Freimaurerloge, eine Gewerbe- und eine Taubstummenschule und – höchst praktisch – eine Sparkasse. Der Hansdampf in allen Gassen starb 1848 auf dem Gut Blumenhalde bei Aarau. In der ersten Hälfte des 19. Jahrhunderts zählte er mit zu den am häufigsten gelesenen deutschen Schriftstellern.
Eine Bühnenbearbeitung des Dramas »Abällino, der große Bandit«, einem Mantel- und Degenstück, inszenierte Goethe höchstpersönlich 1795 in Weimar. Der berüchtigte Abällino, der Führer einer Mörderbande, ist unübertroffen im Intrigenspiel. Doch ist er wirklich der gesuchte Mörder oder möglicherweise nur ein Spitzel, ein V-Mann des 18. Jahrhunderts?
Ein noch größerer Erfolg war dem Roman »Das Goldmacherdorf« beschieden. Er wurde ins Englische, Dänische und Tschechische übersetzt. Der Autor lässt Oswald, den Sohn eines Dorfschulmeisters, in sein schweizerisches Heimatdorf zurückkehren. Dort versucht er sowohl mit pädagogischen Mitteln als auch mit praktischen Ideen die durch die Kriegswirren verarmten Bauern ihrem trostlosen Dasein zu entreißen.

Löchrig wie ein Sieb ist das viel gepriesene Gedächtnis der Menschen. Der Name dieses Multitalents taucht heute nicht mal mehr in allen literaturgeschichtlichen Verzeichnissen auf.

?

Wie lautet der richtige Name des Johann von Magdeburg?

64

Um Kopf und Kragen

Wie ausgeprägt ist eigentlich Ihr Gerechtigkeitsempfinden? Nehmen wir an, Ihr garstiger Nachbar tritt Ihnen aus heiterem Himmel mit voller Wucht gegen das Schienbein, ohne dass Sie ihn zuvor provoziert haben. Halten Sie ihm dann bereitwillig auch das andere hin, oder holen Sie mit Ihrer Rechten weit aus – so treffsicher wie einst Max Schmeling – und lassen diese mitten auf dem Nasenbein des anderen landen? Falls Ihre Gene keine Anweisung erteilten, in ausreichender Zahl Eiweißmoleküle für die neutestamentarische Sanftmut zu produzieren, wird Ihr Gerechtigkeitsgefühl die Nase vorn haben und Sie werden dem Nachbar das Bein derselben brechen. Damit wiederum halsen Sie sich am Ende reichlich Ärger mit der Justiz auf. Ganz gleich, wie groß die Unannehmlichkeiten für sie ausfallen werden. Sie sind nichts gegen das, was sich ein sächsischer Rosshändler um die Mitte des 16. Jahrhunderts mit seinem hartnäckigen Pochen auf Genugtuung einhandelte. Denn sein Recht kostete ihn im wahrsten Sinne des Wortes Kopf und Kragen.

Dem Pferdehändler Michael Kohlhaas werden von einem niederträchtigen Edelmann unberechtigterweise mehrere prächtige Rappen beschlagnahmt. Zu allem Überfluss lässt der Junker die Rösser in seinem Stall fast verhungern. Als er

die klapprigen Schindmähren seinem Besitzer zurückgeben will, verweigert dieser die Annahme und strengt im Gegenzug eine Klage auf Wiedergutmachung an. Als diese jedoch abgewiesen wird, verkauft der geprellte Rosshändler sein Hab und Gut und zieht voll Rachelust mordend und brandschatzend durch die Lande. Nach vielen schrecklichen Ereignissen erreicht er tatsächlich eine Wiederaufnahme des Gerichtsverfahrens, welches ungewöhnlich endet: Der fiese Edelmann wird zu einer Gefängnisstrafe verurteilt und dazu verdonnert, die unansehnlichen Rappen wieder hochzupäppeln. Kohlhaas jedoch wird zum Tode verurteilt. Überwältigt vor Freude und Dankbarkeit über die späte Genugtuung, legt er bereitwillig seinen Hals frei für das Schwert des Scharfrichters. Die verdiente Strafe für seinen mörderischen Rachefeldzug.
Dem adligen Verfasser der Novelle »Michael Kohlhaas« gelang in seinen Werken ein schwieriger Spagat zwischen Klassik und Romantik. Er schrieb Dramen, Novellen, Komödien und Essays. Philosophische und altphilologische Studien bildeten den Grundstock für seine literarischen Erfolge. Nach einer militärischen Ausbildung drückte der junge Aristokrat erneut die Schulbank an einer Universität, um Jura und Volkswirtschaft zu studieren.
Seine anschließenden Pläne, Landwirt zu werden, gab er nach ausgedehnten Reisen durch Mitteleuropa auf. Immer mehr verdichtete sich bei ihm die Gewissheit, zum Dichter geboren zu sein. Und das zu Recht.
Wer hat im »Zerbrochenen Krug« nicht voll heimlicher Schadenfreude vorausgeahnt, dass es mit dem klumpfüßigen Dorfrichter Adam nach dem Fensterln beim hübschen Evchen ein böses Ende nehmen würde? Wer hat sich nicht im »Käthchen von Heilbronn« voller Abenteuerlust ins Mittelalter zurückbeamen lassen, mit romantischer Burg,

Waffenschmiede und verwegenen Rittern? Wer hat nicht im »Prinz Friedrich von Homburg« mit dem hoffnungslos verliebten Prinzen um dessen Kopf gezittert? Darf er ihn behalten oder nicht?

In den Werken des einstigen Redakteurs der »Berliner Abendblätter« wimmelt es von Protagonisten und Antihelden, die manchmal rührend, manchmal mit geradezu lächerlichen Mitteln gegen schicksalshafte Entwicklungen ankämpfen. Aber sie sind hilflose Marionetten. Ein für menschliches Leid unempfindsamer Puppenspieler zieht die unsichtbaren Fäden nach einem geheimnisvollen Plan. Es gibt kein Entrinnen.

Auch für den begnadeten Dichter mit den zarten, fast mädchenhaften Gesichtszügen gibt es kein Entkommen. Er verzweifelt an der Erkenntnis, dass die Wissenschaft keine Schlüssel zu objektiver Erkenntnis und absoluter Wahrheit liefern kann. Auch könnten möglicherweise seine homoerotischen Neigungen, die er nicht offen ausleben kann, die erdrückende Perspektive der Ausweglosigkeit verstärkt haben. Am späten Nachmittag eines grauen Novembertages erschießt der Mutlose am kleinen Wannsee bei Potsdam zuerst seine krebskranke Begleiterin Henriette und dann sich selbst. »Die Wahrheit ist, dass mir auf Erden nicht zu helfen war«, schreibt der Dramatiker mit der unendlichen Gefühlstiefe im Abschiedsbrief an seine Schwester.

?

Wie heißt der Literat, der dem geilen Dorfrichter Adam einen schönen Strich durch die Rechnung macht?

35

Die Teure

Mit der folgenden jungen Dame haben Sie möglicherweise schon geschlafen, oder besser gesagt, auf ihr geschlafen – zumindest, wenn Sie noch einen Sparstrumpf mit DM-Währung unter Ihrer bandscheibenfreundlichen Latexmatratze versteckt haben. Sollten Sie die Absicht haben, die Banknote, auf der die Dichterin mit den anmutigen, fast knabenhaften Gesichtszügen abgebildet ist, einzulösen, dann wird Ihnen der Bankangestellte zuerst ein verständnisloses Lächeln gönnen (wie kann man nur einen solch teuren Schatz verscherbeln wollen?) und dann Ihrem Konto 2,55645941 Euro gutschreiben.
Als »das wunderlichste Wesen auf der Welt« hatte Goethe sie einst bezeichnet. Und der Genius musste wissen, wovon er sprach. Denn die junge Dame hatte sich über die Freundschaft zu seiner Mutter den Zugang zu ihrem vergötterten Idol verschafft. Honni soit qui mal y pense! Ziemlich sicher ist wohl, dass die kapriziöse Tochter eines italienischen Kaufmanns sich niemals mit einer alten Frau angefreundet hätte, wenn diese nicht mit einem ungemein attraktiven Sohn hätte aufwarten können. Das Anbiedern an die Weimarer Geistesgröße fand seinen Niederschlag in ihrem bekanntesten Werk »Goethes Briefwechsel mit einem Kinde«:

Ich wollt, ich könnte meinen Brief mit einem Blick in Ihre Augen schließen, schnell würd ich Vergebung der Kühnheit heraus lesen, und diese noch mit einsiegeln, ich würde denn nicht ängstlich sein, über das kindische Geschwätz, das mir doch so ernst ist; o Sie wissen wohl, wie übermächtig, wie voll süßen Gefühls das Herz oft ist, und die kindische Lippe kann das Wort nicht treffen: den Ton kaum, der es wiederklingen macht.

Der Meister ließ sich immerhin herab, die schwärmerische innige Prosa seiner Verehrerin in ein Sonett einfließen zu lassen. Die mit einem Dichter verheiratete Stichwortgeberin begann erst nach dem Tode ihres Mannes ihre eigenen schriftstellerischen Ambitionen zu verwirklichen. Zuvor brachte sie sieben Kinder zur Welt. Die verschmutzten Windeln ihrer Söhne, die die originellen Namen Freimund, Siegmund und Kühnemund trugen, und ihrer Töchter brauchte sie als Adlige selbstverständlich nicht selbst zu waschen. Aber zwei Haushalte, einer auf Gut Wiepersdorf, dem Hauptwohnsitz ihres Mannes, und ihr eigener, Unter den Linden in Berlin, erforderten dennoch ein gewisses Maß an logistischer Planung und ließen wenig Zeit, wechselnde Seelenbefindlichkeiten zu Papier zu bringen.

Aber nicht nur Bewunderung schlug einer der bedeutendsten Vertreterinnen der Romantik entgegen. Die Attribute, mit denen ihre Zeitgenossen sie bedachten, lassen darauf schließen, dass diese Frau sich allen gewaltsamen Katalogisierungsversuchen unbeirrt entzog: sprunghaft, flatterhaft, funkensprühend, explodierend, neugierig, enthusiastisch, kokett, herzensgut, geistreich, erfrischend, wohltätig, hilfsbereit, geschwätzig, grillenhaft, verschroben, wunderlich. Auch als sie die Vierzig schon überschritten hatte, liebte sie es, sich nicht auf die Sitzfläche eines Sessels zu setzen, sondern auf dessen Lehne. Die gebürtige Frankfurterin, deren Bruder ebenfalls Dichter war, empfand einen Heidenspaß beim Verstecken des Strickzeugs älterer Damen. Gäste mit Brotkügelchen zu bewerfen, mit einem Apfel Ball zu spielen und trällernd durchs Zimmer zu hüpfen, gehörte ebenfalls zu ihrem sprudelnden Schockprogramm.

Irgendwie scheint es befremdlich, dass eine Schriftstellerin trotz dieses Kanons bizarrer Eigenschaften ernsthafte Literatur aufs Papier bringen konnte. Aber der sich zeitlebens nach Liebe sehnenden Exzentrikerin gelang dies mühelos. Das sozialkritische Werk »Dies Buch gehört dem König« war das Ergebnis ihres mutigen Einsatzes für politisch Andersdenkende und ihres steten Kampfes für die geistige Freiheit des Menschen. Ihre große Vision »Eine innige Vereinigung des Königtums mit der Demokratie« ging bedauerlicherweise nur für wenige europäische Länder in Erfüllung. Welch romantischer Schleier würde sich über das heutige demokratische Deutschland legen, hätten wir Charles und Camilla.

Nach mehreren Schlaganfällen starb die Vielbegabte, die sich nicht nur mit Literatur, sondern auch mit Musik und Malerei beschäftigt hatte, mit 74 Jahren im Kreise ihrer großen Familie in Berlin.

?

Welche Dichterin hat sich seit der Abschaffung der 5-DM-Banknote unseren begehrlichen Blicken entzogen?

1

Die im Doppelpack

Jahrzehntelang interessierten sich die beiden nur für Eines. Dieses Eine wurde zu einer Sucht. Sie konnten den Hals nicht voll genug davon bekommen. Allerlei Tricks dachten sie sich aus, um es aus alten, verhutzelten Weiblein und verstockten knorrigen Bauern herauszulocken: Märchen, nichts als Märchen.

So viele wie möglich wollten sie hören, aufschreiben und sammeln. Aber nicht nur von geheimnisvollen Märchen waren sie fasziniert. Ein Studium der Jurisprudenz, Sprach- und Literaturwissenschaften legte den Grundstock für ein weiteres Lebenswerk: die hohe Schule der Grammatik. Als Bibliothekare in Kassel und Göttingen hatten sie reichlich Gelegenheit, in Büchern zu wühlen und den Aufbau von Sprachen zu studieren. Dieses intensive Eintauchen vor allem in die deutsche Sprache fand seinen Niederschlag im Verfassen der ersten deutschen Grammatik- und Wörterbücher, auf die heute noch zurückgegriffen wird.

Und hier beginnt die Tragik. Millionen von Kindern vergöttern die beiden Bibliothekare. Aber einige Schüler wünschen sie gelegentlich auch auf den Mond, sobald das Grammatikbuch aufgeschlagen werden muss.

Zum Mond haben sie es nicht geschafft, die beiden sprachverliebten Brüder aus Hanau. Nur bis Berlin. Dorthin mussten sie 1837 emigrieren, nachdem sie sich in Göttingen politisch betätigt hatten. Das geht selten gut und bescherte auch ihnen reichlich Ärger. Die Außerkraftsetzung der Verfassung durch König Ernst August rief den Protest der beiden Brüder hervor, worauf sie des Landes verwiesen wurden. Aber sie hielten zusammen wie Pech und Schwefel, auch als der jüngere sich in ein anmutiges Mädchen verliebte und eigensinnig darauf beharrte, dieses auch heiraten zu wollen.

In den von ihnen gesammelten Märchen wimmelt es nur so von tollpatschigen Zwergen, bösen Hexen, garstigen Stiefmüttern und natürlich von verwunschenen Königstöchtern:

> *Guten Tag, du altes Mütterchen, sprach die Königstochter, was machst du da? Ich spinne, sagte die Alte und nickte mit dem Kopf. Was ist das für ein Ding, das so lustig herumspringt?, sprach das Mädchen, nahm die Spindel und wollte auch spinnen. Kaum hatte sie aber die Spindel angerührt, so ging der Zauberspruch in Erfüllung, und sie stach sich mit ihr in den Finger.*

Liebe Leserinnen, überfallen Sie da nicht sofort schlummernde Ursehnsüchte? Der Wunschtraum, endlich doch noch den verzauberten Königssohn zu finden, der Sie bis an das Ende Ihrer Tage auf Händen tragen wird und Ihnen jeden Morgen noch vor dem Rasieren glaubhaft versichert, dass er Sie noch genauso heftig anschmachtet wie 20 Jahre zuvor.

Der Traumprinz sollte sich allerdings etwas beeilen mit dem Wachküssen, denn weitere 100 Jahre Erdendasein werden Ihnen wohl kaum noch gegönnt werden. Dornröschen konnte es sich leisten, ein volles Jahrhundert auf einen solch

sagenhaften Typ zu warten. Aber Sie? Selbst wenn Sie ab sofort Ihre heiß geliebten fetttriefenden Pommes gegen grässlich gesunde Grünkernflocken austauschen, das packen Sie nicht.
Auch den eifrigen Märchensammlern waren keine 100 Lebensjahre zugeteilt. Schneewittchen hat sie jedoch nicht ins Jenseits begleitet, denn es ist unsterblich geworden. Erinnern Sie sich noch daran, wie die gefallsüchtige böse Stiefmutter des Schneewittchens in glühenden Eisenpantoffeln tanzen musste, bis sie tot umfiel? Schön schaurig und gruselig! Tatsache ist, dass die beiden Brüder gelegentlich die ihnen anvertrauten Märchen noch ein bisschen grausamer ablaufen ließen, als es der eigentlichen Überlieferung entsprach.
Diese phantasievollen Ausschmückungen waren es auch, die die Alliierten nach dem Ende des Zweiten Weltkrieges veranlassten, den Druck der Märchenbücher zu verbieten, in der Annahme, dass sie die Gräueltaten der Nationalsozialisten begünstigt hätten.

Wie heißen die beiden Grammatikspezialisten?

20

Der Aufmüpfige

Stellen Sie sich vor, Sie sind auf der Suche nach einem passenden Lebenspartner. Während des Studiums von einschlägigen Rubriken der Heiratsinstitute stoßen Sie auf folgende Beschreibung eines Kandidaten: »Er ist klein, unscheinbar, dickrindig und schier klötzig. Schweigsame und spartanische Lebensart!« Haben Sie schon die Flucht ergriffen? Vielleicht geben Sie diesem Typ doch noch eine Chance, wenn Sie erfahren, dass es sich um einen berühmten Poeten und Politiker handelt, der ausnahmsweise mal nicht Theologie studiert hat, sondern etwas Praktisches, Bodenständiges und Handfestes.

Jura und Sprachen belegte der gebürtige Tübinger an der dortigen Universität. Standesdünkel waren ihm zeit seines Lebens ein Gräuel. Noch während seiner Studentenzeit gründete er als freche Herausforderung des versnobten, seine Pfründe sichernden Establishments die Zeitschrift »Sonntagsblatt für ungebildete Stände«. Seine spitze Feder richtete sich gegen das elitäre »Sonntagsblatt für gebildete Stände«. Hätte er 130 Jahre später gelebt, wäre er sicherlich in der 68er-Studentenbewegung einträchtig Hand in Hand mit Rudi Dutschke marschiert und hätte sich zum Schreckgespenst der satten zufriedenen Bourgeoisie emporgeschwungen. Als er schließlich – wie auch die allermeisten

der 68er-Generation – seine Sturm- und Umsturz-Phase erfolgreich abgeschlossen hatte, erhielt er eine Professur für deutsche Sprache und Literatur in Tübingen und verdiente seine Brötchen zeitweise auch als Rechtsanwalt.
Aber so ganz konnte er seinen ausgeprägten Sinn für Gerechtigkeit doch nicht über Bord werfen. Es war ihm verwehrt, Staatsbeamter zu werden, da er es abgelehnt hatte, dem König, der 1805 widerrechtlich den Landtag aufgelöst hatte, den Eid zu schwören.

Droben stehet die Kapelle, schauet still ins Tal hinab.
Drunten singt bei Wies und Quelle froh und hell der Hirtenknab.
Traurig tönt das Glöcklein nieder, schauerlich der Leichenchor,
Stille sind die frohen Lieder, und der Knabe lauscht empor.

Romantik pur! Keiner konnte im vorletzten Jahrhundert ahnen, dass die Poesie dieses dichtenden Juristen viele Jahre später Millionen von gelangweilten Schülern Kummer bereiten würde. Denn humorlose Pädagogen halten sie ständig dazu an, seine Gedichte auswendig zu lernen. So leiert es heute noch im Chor in stickigen Klassenzimmern:

Als Kaiser Rotbart lobesam zum Heilgen Land gezogen kam …

Der Verfasser, einer der wichtigsten Vertreter der schwäbischen Romantik, wird wohl nur milde gelächelt haben über die eingangs wenig schmeichelhafte Einschätzung seines Äußeren durch Adelbert von Chamisso. Denn nicht alle Heiratskandidatinnen hatten sich aus dem Staub gemacht. Eine junge Dame ließ sich nicht abschrecken. Für die 21-jährige Emilie Vischer, aus einer gut situierten Kaufmannsfamilie stammend, zählten offensichtlich nur die inneren Werte. Und was lässt sich daraus ableiten? Auch einsilbige und klötzige Ehemänner haben ihre Reize. Hauptsache, sie sind Literaturprofessoren.

?

Welcher großartige schwäbische Dichter der Romantik schrieb das Volkslied »Ich hatt' einen Kameraden«?

62

Der Dichter, der auszog, das Träumen zu lehren

Selbstverständlich ist es Ihrer Ratio bewusst, dass alle existierenden Strukturen nur vorübergehende Stadien sind. Galaxien- und Planetenansammlungen ebenso wie biologische Systeme. Sie werden sich eines Tages auflösen, um wieder neue, anders geartete Gefüge zu bilden. Dieses unabwendbare Schicksal teilen Sie mit der Magellan'schen Wolke, Myriaden von niedlichen Pantoffeltierchen und der pummeligen Bäckersfrau von nebenan. Nur die Verfallsdaten variieren.

Aber weiß dies auch Ihr Bauch? Mit Hinterlist gaukelt er Ihnen vor, dass nur die anderen sich einmal in den kosmischen Kreislauf einreihen werden. Welch fauler Trick der Evolution, um uns die Lust am Mitspielen auf der kosmischen Theaterbühne nicht zu verleiden. Ein Berufszweig hat es sich auf die Fahnen geschrieben, die Illusion von immerwährender irdischer Glückseligkeit, die wir nur richtig festhalten müssen, zu nähren: die Dichter. Allen voran die Romantiker. Und einer übertraf die gesamte Gilde:

Es war, als hätt der Himmel die Erde still geküsst,
dass sie im Blütenschimmer von ihm nun träumen müsst.

Die Luft ging durch die Felder, die Ähren wogten sacht,
es rauschten leis die Wälder, so sternklar war die Nacht.
Und meine Seele spannte weit ihre Flügel aus,
flog durch die stillen Lande, als flöge sie nach Haus.

Zum Weinen schön!
Der bei Ratibor in Schlesien geborene adlige Verfasser dieses zauberhaften Gedichtes war schon als Kind tief beeindruckt von der idyllischen Landschaft seiner Heimat. Er konnte nicht anders, als seine tiefe Bewegtheit in Poesie auszudrücken. »O Täler weit, o Höhen«, »Wem Gott will rechte Gunst erweisen« und »In einem kühlen Grunde« tönt es auch heute noch aus Tausenden von Kehlen.
Nach dem Studium der Rechtswissenschaften in Halle und Heidelberg folgte der junge Landedelmann dem Aufruf des preußischen Königs, einem kleinen eroberungssüchtigen Franzosen das Handwerk zu legen. Der frisch gebackene Jurist mit dem kecken Oberlippenbärtchen und dem lockigen Haupthaar trat in das Lützower Freikorps ein. Nach dem Krieg traf den inzwischen verheirateten Freiherrn ein herber Schlag. Das hoch verschuldete Schloss Lubowitz, seine über alles geliebte Heimat, kam nach dem Tode seiner Eltern unter den Hammer. Wenigstens ging es mit der Karriere aufwärts. Er erhielt die ersehnte Anstellung im preußischen Staatsdienst. Dreizehn Jahre lang leitete er dort die Abteilung für katholisches Kirchen- und Schulwesen. Obwohl er ein fleißiger Beamter war, blieb ihm immer noch genügend Zeit für seine Lieblingsbeschäftigung: das Dichten.
Sein berühmtestes Werk »Aus dem Leben eines Taugenichts« weckt schlummernde Sehnsüchte nach dem einfachen Landleben. Ein Muss für alle Möchtegern-Aussteiger: Man liegt inmitten duftender Wiesen, lauscht verzückt dem

Schlagen der Nachtigallen und dem Rauschen der Baumwipfel, die sich sanft im Winde wiegen. Farbenprächtige Schwalbenschwänze setzen sich einem furchtlos auf die Nasenspitze. Und wenn man auf einem edlen Pferd zum Schloss zurückgaloppiert, erwartet einen dort die bezaubernde junge Prinzessin, die einem ein Leben lang die herrlichsten Köstlichkeiten präsentiert. Aber nirgendwo gibt es etwas umsonst. Auch nicht im Leben eines Taugenichts. Selbst wer dieses Leben lebt, sollte stets gute Laune versprühen, passabel auf einer Geige herumkratzen und für die Dame seines Herzens hübsche Blumensträuße binden können.

Unzählige innige Lieder, häufig vertont von Schubert, Schumann und Mendelssohn, Balladen und Novellen, welche die unendliche Leichtigkeit irdischen Seins anklingen lassen, verfasste der adlige Dichter, bevor er in Neiße an einer Lungenentzündung starb.

?

Wie heißt dieser Größte unter den Romantikern?

14

Der große Franke

Stellen Sie sich vor, Sie befinden sich im schönen Allgäu. Nachdenklich betrachten Sie die auf der eingezäunten Weide grasenden Kühe. Genüsslich schlingen die Braungescheckten ihre breite Zunge um ein Büschel sonnig leuchtenden Löwenzahn. Mit einem sanften Ruck verschwindet er im Kuhmaul. Das gleiche Schicksal erleidet ein schmal gerippter Spitzwegerich. Und so geht es immer weiter. Die Grasfresser scheinen mit sich und der Welt im Einklang zu sein. Armes Rindvieh, schießt es Ihnen durch den Kopf, arglos trottest du durch den Löwenzahnteppich, schwelgst in lukullischen Gänseblümchengenüssen, ahnst nicht, dass deine Gedärme vielleicht schon übermorgen eine knackige Bockwurst umhüllen werden.

Plötzlich stutzen Sie und fragen sich stirnrunzelnd: Woher nehme ich eigentlich die Gewissheit, dass ich morgen nicht ebenfalls Milliarden gefräßiger Mikroben als Festmahl dienen werde? Ich tapse genauso sorglos und unbekümmert durch die Landschaft wie der ohne Arg flanierende Wiederkäuer.

Eine der überzeugendsten und vollkommensten Parabeln, die je zum zwanghaften Ausblenden der eigenen Endlichkeit geschrieben wurde, spielt in Syrien. Und so beginnt sie:

Es ging ein Mann im Syrerland, führt ein Kamel am Halfterband.
Das Tier mit grimmigen Gebärden urplötzlich anfing scheu zu werden …

Der Verfasser war als Orientalist und Sprachgenie ebenso anerkannt wie als Dichter. Vor mehr als 200 Jahren in Schweinfurt geboren, studierte er in Würzburg Jura und Philologie. Aber irgendetwas vermisste er in seinen Studien. So genau wusste er selber nicht, was er suchte. Um herauszufinden, welche Erkenntnisse ihm fehlten, unternahm er eine Italienreise. Die Rückreise führte ihn über Wien. Und diese Stadt entpuppte sich als das Sesam-öffne-dich für seine schlummernden Neigungen. Denn dort traf er den Sprachforscher und Orientalisten Joseph v. Hammer-Purgstall. Von nun an wusste der Schweinfurter, was ihn für den Rest seines Lebens beschäftigen würde: orientalische Sprachen und Literatur.
Schier unglaublich, dass er beim Erlernen von sage und schreibe 50 Sprachen und dem Eintauchen in die Kulturen des arabischen, persischen und indischen Mittelalters noch Zeit fand, sein Luischen zu heiraten und Kinder zu zeugen. In die Zeit seiner Lehrtätigkeit als Professor an der Universität Erlangen fielen auch die schwersten Schicksalsschläge: der Tod seiner über alles geliebten Kinder Ernst und Louise. Nur drei und fünf Jahre lang durfte er sie in seinen Armen halten, bis der Scharlach beide hinwegraffte. Nicht nur die unsägliche Trauer über diesen Verlust, sondern auch die traditionell enge Verknüpfung von orientalischem Gedankengut mit religiösen Themen waren die Triebfeder für seine intensive Auseinandersetzung mit dem Tod. Einige seiner »Kindertodtenlieder« wurden Jahrzehnte später von Gustav

Mahler, der von ähnlich traumatischen Ereignissen heimgesucht wurde, vertont.
Seine Lehrtätigkeit in Berlin übte der geniale Franke eher widerwillig von seinem Dauerwohnsitz Neuses/Coburg aus. Die geschäftige Hauptstadt entsprach nicht seinen Vorstellungen von Lebensqualität. Die Titel seiner Veröffentlichungen lesen sich wie eine aufregende Reise durch das damals noch geheimnisvolle Morgenland: »Die Verwandlungen des Abu Seid von Serug oder die Makamen des Hariri«, »Die Weisheit des Brahmanen«, »Rostem und Suhrab« u. a.
Seine Gedichte sind volksnah, bedienen sich einer bilderreichen Sprache und treffen stets den Nagel auf den Kopf. Nicht alle Literaturhistoriker geraten bei der Erwähnung des fränkischen Sprachgenies in ekstatische Verzückung. In »Wege der deutschen Literatur« widmen die Verfasser dem vielseitig Begabten gerade mal 13 magere Zeilen. Seine Gedichte werden als »volkstümliche Stimmungskunst des Biedermeier« bezeichnet. Im Gegensatz dazu Golo Mann, der ihn als einen der liebenswertesten unter den deutschen Dichtern bezeichnete.
Wann geht das nächste Kamel nach Syrerland?

?

Welcher Dichter beherrschte 50 Sprachen, ohne deren Ursprungsländer bereist zu haben?

48

Der Bibelfeste

Wie streng halten Sie sich an die biblischen Zehn Gebote? Ehren Sie Vater und Mutter so lange sie leben auf Erden, wie es im Dritten Gebot steht? Und wie stehen Sie zu dem Thema Ehebruch? Nicht in Ihren verwegensten Träumen würden Sie ein solch frevelhaftes Tun in Erwägung ziehen, das klingt gut. Aber wie steht es mit dem Achten Gebot? Hand aufs Herz, wie halten Sie es mit dem Lügen? Kein Problem, sagen Sie? Nehmen wir einmal an, Ihre Gattin fragt Sie genervt: »Hörst du mir überhaupt zu?« Antworten Sie dann wahrheitsgemäß: »Nein, natürlich nicht!«, oder stammeln Sie die häufig erprobte Standardfloskel: »Aber ja doch, Liebling, du sagtest, ähm …« Und wenn Ihr Partner nach 25 Ehejahren die existenzielle Frage an Sie richtet: »Würdest du mich wieder heiraten?« Antworten Sie dann in Übereinstimmung mit Ihrer Gefühlslage: »Nein, ich bin doch keine Masochistin!«, oder säuseln Sie besänftigend: »Natürlich, mein Katerchen«?

Wenn Sie sich bei der Beantwortung dieser Fragen an die Wahrheit, und nichts als die Wahrheit, gehalten haben, dann: Bravo! Dann hätte der fromme fränkische Bischof Gregor auch Sie anstatt seines Dieners zu den heidnischen Germanen entsenden können, um seinen Neffen aus der Gefangenschaft der Barbaren loszukaufen. Der Bischof, ein bibelfester Mann, legte Wert auf die Einhaltung aller Zehn Gebote. Auch die Lüge verabscheute er zutiefst. Deshalb schärfte er seinem getreuen Diener Leon ein, sich vor jeglicher Unwahrheit zu hüten. Da aber, sowohl heute als auch vor fast 1500 Jahren, leidlich normal tickende Bürger davon ausgehen, dass die anderen flunkern, was das Zeug hält, glaubten die germanischen Normalos dem fränkischen Diplomaten kein Wort. Die allgemeine totale Sprach- und Sinnverwirrung ermöglichte ihm dennoch, mithilfe von Edrita, der Tochter des Germanenfürsten, den Neffen seines Herrn aus der Gewalt der verdammten Ungläubigen zu befreien.

Die Uraufführung dieses Lustspiels »Weh dem, der lügt« im Jahre 1838 am Burgtheater in Wien fanden humorlose Kritiker überhaupt nicht lustig. Dem österreichischen Autor hingegen mangelte es leider an jener Tugend, von der jedermann gerne behauptet, er besäße sie im Übermaß im Gegensatz zu allen anderen: Humor. Er fühlte sich dermaßen gekränkt durch den Verriss der Journalisten, dass er sich aus der Öffentlichkeit zurückzog. Während dieser fast zehn Jahre dauernden Schmollperiode schrieb er zwar weitere Werke, gab sie jedoch nicht zur Publikation frei.

Der in Wien geborene Literat erhielt nach einem Jurastudium eine Anstellung als Hofkonzipist und Archivdirektor beim österreichischen Staat. Seinen ersten dichterischen Erfolg erntete er in jener Zeit mit der Tragödie »Die Ahnfrau«. Die meisten seiner Werke sind von einer stillen Schwermut und Entsagungsbereitschaft geprägt. Die Erzählung »Der arme Spielmann« handelt vom traurig-komischen Lebensschicksal des hoffnungslos unbegabten Wiener Pfenniggeigers Jakob. Dieses einzigartige Porträt beschreibt auch das psychologische Lebensgefühl des österreichischen Dramati-

kers: Zeitlebens litt er unter der latenten Forderung des bürgerlichen Biedermeier, persönliche Konflikte unter den Teppich zu kehren und nach außen eine heitere Idylle zu spielen. Noch bedrückender empfand er den ökonomischen Zwang, sich dem literarischen Zeitgeschmack des Publikums unterwerfen zu müssen.
Im fortgeschrittenen Alter ließ er gelegentlich einen verstohlenen Blick in sein Innerstes zu:

> *Ich denke oft an Selbstmord … Einer meiner Hauptfehler ist, dass ich nicht den Mut habe, meine Individualität durchzusetzen … Als Mensch unverstanden, als Beamter übersehen, als Poet höchstens geduldet, schlepp ich mein einförmiges Dasein fort.*

Sein familiäres Schicksal könnte die depressiven Stimmungen des Dramatikers und Lyrikers zusätzlich verstärkt haben. Sein Bruder Alfred ebenso wie seine Mutter waren freiwillig aus dem Leben geschieden. Die Frage nach der Verwirklichung der Humanität zieht sich als roter Faden durch viele seiner Werke wie »Sappho«, »Des Meeres und der Liebe Wellen«, »Libussa« und »Die Jüdin von Toledo«. Wo liegt der imaginäre Scheitelpunkt, bis zu dem der Einzelne seinem Bedürfnis nach Selbstverwirklichung nachgeben darf und ab wann er es dem Gemeinwohl unterordnen muss? Generationen von Philosophen haben sich an dieser Gretchenfrage (fast) die Zähne ausgebissen. Auch der etwas schrullige Wiener konnte nur Annäherungen bieten.
Spät, aber nicht zu spät, werden die herausragenden literarischen und philosophischen Qualitäten des österreichischen Dramatikers von einem breiten Publikum entdeckt. Der in Ermangelung ergiebig sprudelnder Geldquellen un-

verheiratet gebliebene Schriftsteller wird plötzlich mit Orden überhäuft. Die Stadt Wien ernennt ihn 1846 zu ihrem Ehrenbürger. Die Mitgliedschaft bei der kaiserlichen Akademie der Wissenschaften bringt ihm auch persönlich die ersehnte Anerkennung. Aber auch fern der Heimat wurden Lorbeerkränze verteilt. Die Universität Leipzig verleiht ihm anlässlich des Schiller-Jubiläums die Ehrendoktorwürde. Und die war nicht erlogen, sondern gedruckt auf feinstem geschöpftem Büttenpapier.

?

Wie heißt dieser melancholische Literat?

19

Der über die Götter schrieb

Sodom und Gomorrha müssen wahrlich tugendhafte Städte gewesen sein, Paradiese der Rechtschaffenheit und Ordnung, im Vergleich zum Olymp. Nicht einmal die sündhaftesten Sterblichen verfügten über so viel Einfallsreichtum im Erfinden von grausamen Foltermethoden, strategisch hochwirksamen Rachefeldzügen und neuen Hurenfreuden wie die griechischen Götter. Unter den misstrauischen Blicken seiner Gattin Hera verwandelte sich der Primus unter den Göttern gar in einen prächtigen Stier, um die schöne Europa zu vernaschen. Aber: Zeus denkt, Hera lenkt – in diesem Fall ging die Rechnung nicht auf, Hera versalzte ihm diese süße Suppe.

Bald schon gelüstete es ihn wieder nach dem Weib, nun nach der bildschönen Jo. Und um nicht erneut der chronisch eifersüchtigen Hera Gelegenheit zu geben, dazwischenzufunken, verwandelt er einfach die ahnungslose Angebetete in eine sanfte Kuh. Doch gegen weibliche Intuition anzutreten, ist nicht nur für männliche Sterbliche, sondern auch für unsterbliche Götter eine schier unlösbare Aufgabe. Erst nach einem Rattenschwanz von Verwicklungen, äußerst geschickt inszeniert von der alles durchblickenden Göttergattin, kann Zeus bei der jungen Jo landen.

Die von der Kuh zur menschlichen Gestalt zurückverwandelte Sterbliche schenkt ihm einen Sohn. An den Ufern des Nils wird Epaphos geboren.
Vieles von unserem Wissen über die griechische Mythologie haben wir einem in Stuttgart geborenen Professor für Latein, der zeitweilig sogar als evangelischer Pfarrer arbeitete, zu verdanken. In seinen legendären Erzählungen bemühte er sich zwar, die Grausamkeiten der griechischen Göttersagen auf ein ethisch vertretbares Maß zu reduzieren – ein fast hoffnungsloses Unterfangen. Dem Rotstift des schwäbischen Dichters fielen aber vermutlich nur die sadistischen Ausschmückungen dieser Gräueltaten, nicht jedoch deren Anzahl zum Opfer. Auf den meisten Seiten menschelt es nach wie vor in höchstem Maße:
»*Weh mir*«, schreit Ägisthos, »*in welcher Männer Netze bin ich Unglückseliger geraten?*«, bevor ihn Orestes mitleidslos zerstückelt. Auch dem jugendlichen Herakles hätten ein paar kräftige Ohrfeigen gut getan, nachdem er in einem Wutanfall seinem Lehrer Linos ein Zitherspiel an den Kopf wirft, worauf dieser entseelt zu Boden sinkt. Und Zeus, der Humorlose, schleudert einen tödlichen Blitz auf Salmoneus, den Herrscher in Elis, nur weil der auch ein bisschen so sein wollte wie der Göttervater. An dieser Taktik hat sich bis heute nicht viel geändert. Nur dass jetzt der an seinem Posten klebende Amtsinhaber nicht mehr Blitze auf den an seinem Stuhlbein Sägenden schmettert, sondern meisterhaft Intrigen spinnt und nach unten tritt, was das Zeug hält.
Zwanzig Jahre hat der zu den Hauptvertretern der schwäbischen Romantik zählende Dichter dazu gebraucht, um in »Die schönsten Sagen des klassischen Altertums« all das zu-

sammenzutragen und neu zu formulieren, was anthropoide Götter und sterbliche Menschen schon immer gemacht haben und in alle Zukunft tun werden: lynchen, lieben, und leben.

Wie heißt einer der liebenswertesten Lateinlehrer des 19. Jahrhunderts?

54

Die kleine Emanze

Mit 1,48 Meter war sie zwar ein kleines Persönchen, aber eine große Persönlichkeit. Sie war ein Wunderkind, zumindest nach heutigen Maßstäben. Das westfälische Allroundtalent übersetzte schon im Kindesalter den römischen Dichter Vergil, komponierte eine Oper und führte geistreiche Unterhaltungen in nicht weniger als fünf Sprachen. Sie war äußerst gewandt in der Ausübung todlangweiliger Tätigkeiten, die von einer wohlerzogenen adligen jungen Dame erwartet wurden: Stricken, Sticken, Nähen, Malen, Spinnen, Häkeln. Auch Beten und Stillsitzen beherrschte sie bravourös. All dies geschah sehr zum Entzücken der konservativen Verwandtschaft.

Aber dann tat sie etwas Unerhörtes, ja geradezu Peinliches: Sie dichtete. Die seit 1417 in einem romantischen Wasserschloss bei Münster residierende Familie forderte von der jungen begabten Dichterin, Tribut zu zollen an die starren bewährten Konventionen und von diesem unpassenden Lyrik-Kram die Finger zu lassen. Das eigensinnige Mädchen dachte zwar nicht im Traum daran, zu kuschen, sie sah sich aber dazu gezwungen, ihren ersten 1838 erschienenen Gedichtband unter einem Pseudonym zu veröffentlichen. Wäre der Begriff »Emanze« heute ausschließlich positiv besetzt, dann könnte man diese aufmüpfige Adlige als eine sol-

che bezeichnen. Trotz – oder vielleicht gerade wegen – ihrer kränkelnden Gesundheit entwickelte sie eine Kämpfernatur, mit der sie sich weder das Dichten noch den nach Gerechtigkeit ringenden Mund verbieten ließ.
Sie war schon eine ältliche Jungfer – aus damaliger Sicht –, als sie sich am Bodensee in einen 17 Jahre jüngeren Mann verliebte. Der 23-jährige Bibliothekar ihres Schwagers Joseph von Lassberg ließ ihrer einfühlsamen Poesie Flügel wachsen. Aber es ist doch stets dieselbe frustrierende Leier. Heute wie damals. Der Angeschmachtete konnte sich wohl eine Zukunft neben einer Frau, die seine Mutter hätte sein können, nicht vorstellen und verguckte sich bald in eine Jüngere. Diese Nachricht brach der größten deutschen Lyrikerin zwar fast das Herz, aber nicht den rührigen Gänsekiel. Denn das Schreiben war für das anmutige Burgfräulein mit den üppigen braunen Korkenzieherlocken so lebenserhaltend wie für uns Normalsterbliche das Atmen. Von 1841 bis zu ihrem Tode im Jahre 1848 dichtete sie im behaglich eingerichteten Turm der historischen Merowingerburg in Meersburg am Bodensee, nur unterbrochen durch gelegentliche Besuche im heimatlichen Münster in Westfalen.
Die sensible Freiin hinterließ der Nachwelt ihr Konterfei auf einem Zwanzigmarkschein, unzählige seelenvolle Gedichte und einen spannungsgeladenen Thriller:

> *Seine Augen waren rasch über das tödliche Werkzeug gefahren und schienen momentan auf einem ausgebrochenen Splitter am Stiele zu haften. »Ich weiß es nicht«, sagte er fest. – Es war die Axt, die man in dem Schädel des Oberförsters eingeklemmt gefunden hatte. – »Sieh sie genau an«, fuhr der Gerichtsschreiber fort. Friedrich fasste sie mit der Hand, besah sie oben, unten, wandte sie um. »Es ist eine*

Axt, wie andere«, sagte er dann und legte sie gleichgültig auf den Tisch.

Wer herausfinden möchte, ob Friedrich der Mörder war, der sollte »Die Judenbuche« lesen.

?

Wie heißt die auf dem Zwanzigmarkschein abgebildete willensstarke und sensible Literatin?

10

Der Dichter, der mit Gott haderte

Einmal Waschen, Legen und Fönen, bitte!«, werden viele von Ihnen, liebe Leserinnen, viel zu oft ihren viel zu teuren, aber exklusiven Frisör anflehen. Er wird daraufhin teilnahmsvoll nicken, einen prüfenden Blick auf Ihren Haaransatz werfen, ob das natürliche Grau schon dem unnatürlichen Saharablond den Platz streitig macht, und Sie dann mit dem üblichen Wortschwall zu einem bequemen Ledersessel geleiten. Nach zwei Stunden Arbeit legen Sie am Ende selbst noch Hand an den Kamm, um den sich anmutig kringelnden Dauerwellen den gewünschten Schwung zu verleihen. The same procedure as every month!

Probieren Sie doch einfach mal was Neues aus! Setzen Sie sich hoch über dem Rhein auf einen vorspringenden Felsen und kämmen Sie einfach dort oben Ihre Locken. Vielleicht trällern Sie so nebenbei noch »All you need is love!«. Einen Spiegel brauchen Sie nicht. Denn, ob die Frisur perfekt sitzt, merken Sie daran, dass 100 Meter unter Ihnen ein Kahn nach dem anderen gegen den Felsen donnert und absäuft, weil die Schiffer so fasziniert von Ihrem Hairstyling sind, dass sie nur Augen für Sie haben, anstatt auf ihren Kurs zu achten.

Schade, dass Sie nicht selbst auf die originelle Idee gekommen sind, denn sie ist alt, vielmehr uralt. Es handelt sich hierbei um die germanische Sage der schönen Nymphe Lorelei, die mit ihrem Aussehen und ihrer Stimme die Schiffer auf dem Rhein reihenweise um Verstand, Schiff und Leben brachte. Davon fasziniert, hat ein deutscher Dichter Mitte des 19. Jahrhunderts ein gleichnamiges Gedicht geschrieben:

Ich weiß nicht was soll es bedeuten
Daß ich so traurig bin;
Ein Märchen aus alten Zeiten,
Das kommt mir nicht aus dem Sinn.

Die Luft ist kühl und es dunkelt,
Und ruhig fließt der Rhein;
Der Gipfel des Berges funkelt
Im Abendsonnenschein.

Die schönste Jungfrau sitzet
Dort oben wunderbar,
Ihr goldenes Geschmeide blitzet,
Sie kämmt ihr goldenes Haar.

Sie kämmt es mit goldenem Kamme
Und singt ein Lied dabey;
Das hat eine wundersame,
Gewaltige Melodei.

Den Schiffer, im kleinen Schiffe,
Ergreift es mit wildem Weh;
Er schaut nicht die Felsenriffe,
Er schaut nur hinauf in die Höh´.

Ich glaube, die Wellen verschlingen
Am Ende Schiffer und Kahn;
Und das hat mit ihrem Singen
Die Lore-Ley getan.

Der Verfasser wurde vor mehr als 200 Jahren in Düsseldorf geboren. Da bei einem verheerenden Brand die Familiendokumente vernichtet wurden, schwebt über seinem Geburtsjahr nach wie vor ein verhaltenes »Peut-être«. Schon als Kind litt der Lorelei-Bewunderer an einer Überempfindlichkeit gegenüber Lärm, lauten Stimmen und Klavierspiel. Aber Pianist wollte er ja auch nicht werden, sondern Dichter. Und um diesem Traumberuf näher zu kommen, musste er tonnenweise Stolpersteine aus dem Wege räumen. Vater und Onkel bestanden darauf, dass er als Kaufmann oder Banker einmal die elterlichen Geschäfte weiterführen sollte. Aber der ständig zwischen dem Bedürfnis nach Romantik und dem Hinausschreien der harten Wirklichkeit hin und her geworfene jüdische Kaufmannssohn schrieb lieber einfühlsame Gedichte als einträgliche Rechnungen.
Sein Jurastudium musste er zweimal unterbrechen. Frauengeschichten verwickelten ihn in Duelle, mit denen er sich Verweise von den jeweiligen Universitäten einhandelte. Nach seiner Promotion zum Dr. jur. hoffte der Freidenker durch eine Konvertierung zum Protestantismus den Weg für eine steile Karriere zu ebnen. Ein Trugschluss. Denn er setzte sich damit exakt zwischen zwei Stühle. Einen jüdischen und einen protestantischen.
Der süße Traum von einer Professur in München zerplatzte wie eine Seifenblase. Enttäuscht vom »Land der Eichen« wandte er sich 1831 Frankreich zu, wo ihm die berechtigte Anerkennung zuteil wurde. Seine Werke, wie »Aus der Harz-

reise«, »Reisebilder« und das »Buch der Lieder« wurden vom Deutschen Bund auf den Index gesetzt und seine 1844 erschienenen »Neue Gedichte« in Preußen sofort beschlagnahmt. Eine unendliche Geschichte der Zensur. Die traditionsfeindliche revolutionäre Sichtweise des Wahlfranzosen stieß fast überall im deutschsprachigen Raum auf heftige Ablehnung.
Aber die größte Katastrophe stand dem Romantiker vom Rhein noch bevor. Erste Lähmungserscheinungen an zwei Fingern waren die grausamen Vorboten für ein 25 Jahre dauerndes Dahinsiechen. Eine Rückenmarksschwindsucht fesselte ihn jahrelang in eine »Matratzengruft«. So nannte er ein halbes Dutzend aufeinander geschichtete Matratzen, auf denen er, gelähmt und von unerträglichen Schmerzen gepeinigt, die immer knapper werdende Zeit verbrachte. Solange seine Kräfte noch dazu ausreichten, kroch er auf allen vieren durch das Zimmer. Er konnte kaum noch schlucken und sprechen und war bis auf die Knochen abgemagert. Und doch gelang es ihm, letzte Gedichte und vor allem seinen tief sitzenden Groll gegenüber dem Allmächtigen zu diktieren:

»Ich werde den lieben Gott, der so grausam an mir handelt, bei der Tierquälergesellschaft verklagen!«

?

Welcher Dichter verhalf einem eher unauffälligen Felsen am Rhein zu neuem Weltruhm?

23

Der Rastlose

Frühling lässt sein blaues Band wieder flattern durch die Lüfte,
süße, wohlbekannte Düfte streifen ahnungsvoll das Land.
Veilchen träumen schon, wollen balde kommen.
Horch, von fern ein leiser Harfenton:
Frühling, ja du bists, dich hab ich vernommen.

Und er kommt bestimmt. So sicher wie die angekündigte Steuererhöhung. Der nächste Frühling. Über dieses heftige Frühlingsersehnen schrieb – wie könnte es anders sein – wieder einmal ein waschechter Schwabe. Er war ein sensibler Wortkünstler, harmoniebedürftig, ruhe- und heimatlos. Mindestens 15 Mal wechselte er seinen Wohnsitz. Berühmt wurde er durch seine mystischen Volkserzählungen. Das Wasser hatte es ihm vor allem angetan. Feenhafte Geister ließ er auf den Grund des geheimnisvollen Mummelsees absinken, aus dem blaugrünen Quell des Blautopfes die Schöne Lau entsteigen und das schrullige Stuttgarter Hutzelmännlein am Neckar seinen Schabernack treiben. Aber nicht nur über Hutzelmännlein und kreuzunglückliche Nixen zerbrach sich der Poet den Kopf, er schickte auch Mozart auf eine Reise nach Prag und ließ in dem Drama »Maler Nolten« die Protagonisten sterben wie die Fliegen.

Doch nicht nur der entrückten Poesie verschrieb sich der Dichter, auch ganz Profanes stammt aus seiner Feder:

Mir ward ganz übel, mauserig, dumm. Ich sah mich schnell nach was Tüchtigem um.
Lief in den Garten hinterm Haus, zog einen herzhaften Rettich aus.
Fraß ihn auch auf bis auf den Schwanz, da ward ich wieder frisch und genesen ganz.

Erhabenste Weltliteratur? Na ja! Nicht alles, was beliebte Volksdichter so fabulieren, ist allererste Sahne. Auch Literaten, die der Nachwelt zart gewebten Stoff zum Nachdenken und Träumen hinterlassen haben, brauchen anscheinend eine kreative Auszeit. Diese Verse klingen eher so, als seien sie für eine unerhört geistreiche Einlage zum 80. Geburtstag der Großtante angefertigt worden.
Während seines Studiums der Theologie am Tübinger Stift glänzte der in Ludwigsburg geborene, auf Porträts meist verdrossen dreinblickende Literat mehr mit Arreststrafen als durch eifriges Lateinlernen. Trotzdem gelang es ihm, sein Studium zu beenden. Als er nach einer langen unerfreulichen Vikariatszeit endlich eine eigene Pfarrstelle in Cleversulzbach erhielt, wähnte er sich finanziell unabhängig. Doch der heiß ersehnte wirtschaftliche Boom war nur von kurzer Dauer. Da er ständig kränkelte, ließ er sich frühzeitig pensionieren – mit gerade einmal 39 Jahren. Um sich nicht nur von scharfen Rettichen aus seinem Gärtchen ernähren zu müssen, gab er Unterrichtsstunden, so genannte Fräuleinslektionen, am Katharinenstift in Stuttgart.
Nach langem Zaudern heiratete er die katholische Margarethe, der er eine siebenjährige Verlobungszeit zugemutet

hatte. Die Ehe stand unter keinem guten Stern. Nicht nur die unterschiedlichen Konfessionen trugen zu ständigem Zwist bei, sondern auch beengte Wohnverhältnisse. Zu viel Verwandtschaft unter einem Dach tut selten gut. Auch nicht bei Pfarrers. Die genervte Gattin war es leid, eine Ehe zu dritt führen zu müssen, zwar nicht mit einer rassigen, zigeunerhaften Schönheit, deren Reizen der Theologe und Schriftsteller zeitweise verfallen war, sondern ganz unspektakulär mit Klara, der stets allgegenwärtigen Schwester des Dichters. Seine Frau hatte die Nase voll von dem Verwandtschaftsklüngel und zog mit den beiden Töchtern aus der Wohnung aus. Aber – es gibt noch ein Happyend – an seinem Sterbebett fanden die beiden schließlich doch wieder zueinander.

Ob der ehemalige Pfarrer etwa an Seelenwanderung glaubte? Wohl kaum. Für die Anhänger dieser Lehre wäre es jedoch durchaus denkbar, dass zumindest seine außergewöhnliche literarische Begabung als Seelenfünkchen ohne zeitlichen Aufschub in zwei großen Schriftstellern inkarnierte, die im Todesjahr des feinfühligen schwäbischen Dichters geboren wurden: Rainer Maria Rilke und Thomas Mann.

?

Welcher Dichter schwor, nach eigenen Worten, bei Inspirationsflauten auf Rettiche?

40

Der Selbstzweifler

War es schon immer Ihr sehnlichster Wunsch, einmal als Königin oder König von Polen huldvoll Ihren Untertanen zuzulächeln? Nichts einfacher als das. Sie müssen lediglich den sterbenslangweiligen Roman eines österreichischen Dichters zu Ende lesen. Ein kleines, unbedeutendes Problem ergibt sich allerdings dabei. Dieses verlockende Angebot wurde den Literaturliebhabern schon vor 150 Jahren unterbreitet, von keinem Geringeren als von Friedrich Hebbel. Dieser leichtsinnige Zeitgenosse versprach demjenigen, der es über sich brächte, den Roman »Der Nachsommer« bis zur letzten Zeile durchzulesen, die Krone Polens. Der Run auf das polnische Königsamt hielt sich in Grenzen.
Dabei ist der Roman eine einzige Huldigung an die abgeklärte Liebe, die sich nicht mehr in leidenschaftlicher Raserei manifestiert, sondern in Güte und Wohlwollen. Wenn in einer Beziehung die volatilen Bauchschmetterlinge längst davongeflattert sind, kann mit den ruhigen Tugenden der Güte und des Wohlwollens für die Eigentümlichkeiten des Partners der Nachsommer einziehen. Einer breiten Detailschilderung von Landschaften, Kunstgegenständen, Möbeln, Sammlungen und Alltäglichem steht eine minimale Handlung gegenüber: Der junge Heinrich wird von dem Freiherrn von Risach eingeladen, längere Zeit bei ihm zu

wohnen. Dabei verliebt sich der Gast in die anmutige Tochter des Hauses. Die beiden heiraten, sehr zum Entzücken des Freiherrn und der Gräfin Mathilde, seiner Früh- und Spätsommerliebe. Alle Figuren wetteifern, die anderen mit ihrer edlen Gesinnung zu übertreffen.
Doch nicht nur verspottet, auch bewundert wurde der bedeutendste österreichische Epiker: von dem Schriftsteller und Satiriker Karl Kraus und von dem Philosoph Friedrich Nietzsche, der die klassische Prosa und die Zeitlosigkeit seiner Werke würdigte. Und er sollte bis heute Recht behalten, der Herr Nietzsche: Im November 2005 konnten die Zuschauer die Feuchtigkeitsabsorption ihrer Taschentücher testen bei der Erstaufführung des Films »Bergkristall« von Joseph Vilsmaier, nach der gleichnamigen Novelle des in Böhmen geborenen Literaten. Eine bewegende Geschichte von Liebe und Hass, Fremdenfeindlichkeit und Konfliktlösung, und all das vor einer grandiosen Bergkulisse.
Der Literat des Biedermeier war ein Meister in der Vernetzung von Humanität, idealistischer Philosophie und christlicher Gläubigkeit. Er ließ sich nicht darin beirren, an die unzerstörbare Validität von ethischen Werten zu glauben. Seine höchst einfache Lebensformel lautete: Akzeptanz. »Das ist der Inhalt meines Gebetes: Herr, was von dir kömmt, ist gut, ich bete es an, wenn es mich auch schmerzet!«, schrieb er 1856 in einem Brief an seinen Verleger Heckenast.
Und schmerzliche Erfahrungen machte der ehemalige Lateinschüler des Benediktinerklosters in Kremsmünster zuhauf. Er überlebte eine Pockeninfektion, verliebte sich unglücklich in die hübsche Fanny, heiratete dann die verschwendungssüchtige Amalie, musste Pfändungen in Kauf nehmen und sich mit dem plötzlichen Tod der Pflegetochter auseinander setzen. Das junge Mädchen war immer wie-

der von zu Hause ausgerissen. Nach der letzten Flucht fand man ihre Leiche in der Donau. Um diese widrigen Lebensumstände ertragen zu können, aß und soff er unmäßig: im Jahr allein etwa 600 Liter Wein oder Bier.
Nach einem Studium der Jurisprudenz, Philosophie, Geschichte, Mathematik und Naturwissenschaften in Wien verdiente sich der chronische Selbstzweifler seinen Lebensunterhalt als Lehrer und Erzieher. Nebenbei beschäftigte er sich mit Malerei und Literatur. Als Sympathisant der revolutionären Bewegung zog er es 1848 vor, Wien zu verlassen und nach Linz überzusiedeln. Dort übernahm er die Stelle eines Landesschulinspektors, die ihn seiner finanziellen Sorgen enthob. Der große literarische Durchbruch gelang dem Literaten mit »Abdias«: Ein Jude aus dem Orient wandert mit seinem blinden Kind nach Europa aus. Ein Blitzschlag macht sein Töchterchen sehend, ein weiterer Blitz trifft jedoch das Mädchen tödlich.
Trotz seiner fortschreitenden Leberzirrhose gelang es dem schwer kranken Literaten, den geschichtlichen Roman aus der Stauferzeit »Witiko« fertig zu stellen. Dann jedoch versagte er dem Herrn den Gehorsam. Er weigerte sich, demütig ein längeres Siechtum anzunehmen. Mit einem Rasiermesser öffnete er sich die Halsschlagader und verblutete.

?

Wie heißt der österreichische Schriftsteller,
der einen großen Einfluss auf das literarische Schaffen
von Theodor Storm, Theodor Fontane und
Hermann Hesse ausübte?

58

Der ungeliebte Beliebte

Er hatte es schon lange geahnt. Sie würden ihn eines Tages hassen. Ihn, einen der Väter des Realismus. Tausende Abiturienten würden lustlos in Büchern mit schwer verdaulichen Erläuterungen blättern und ihn verfluchen. Warum nur werden Literaturwissenschaftler dazu verdonnert, ihre ganz persönlichen Interpretationen seiner Theaterstücke mehr oder weniger bildungswilligen Schülern überzustülpen? War seine Botschaft denn nicht ganz klar, so, dass auch die weniger hellen Köpfe darüber stolpern würden?

Am allermeisten ärgerte es ihn jedoch, dass in einer Stadtbibliothek im Süden des Landes zwar ein halbes Regal voll Interpretationshilfen zu seinen Büchern stand, aber in der Klassiksammlung unter dem Initial seines Namens kein einziges Werk schlicht und einfach zum Lesen bereitgehalten wurde. Er war bitter enttäuscht. Mit einem kaum wahrnehmbaren Klappern seiner morschen Knochen drehte er sich zweimal im Grabe herum. War seine tiefgründige philosophische Erkenntnis über die Positionierung der Spezies Homo sapiens sapiens im Kosmos denn nicht eindeutig?

»Der Einzelne nur Schaum auf der Welle, die Größe ein bloßer Zufall, die Herrschaft des Genies ein Puppenspiel, ein lächerliches Ringen gegen ein ehernes Gesetz, es zu erken-

nen das Höchste, es zu beherrschen unmöglich«, schrieb der Schöpfer eines neuen materialistischen Weltbildes an seine Verlobte Minna.
Der Briefschreiber wurde in eine Intellektuellenfamilie in Goddelau im damaligen Großherzogtum Hessen hineingeboren. Der Vater ein geachteter Mediziner, die Schwester eine unerschrockene Frauenrechtlerin, sein Bruder Ludwig einer der meistgelesenen Philosophen Mitte des 19. Jahrhunderts. Nach einem Medizinstudium in Gießen und Straßburg setzte sich der angehende Medicus kräftig in die politischen Nesseln. Er gründete die Gesellschaft der Menschrechte, einen Geheimbund von Studenten und Handwerkern. Zusammen mit dem Butzbacher Pfarrer Weidig veröffentlichte der Revolutionär das ketzerische Flugblatt »Der hessische Landbote«: ein leidenschaftlicher Appell an die Bauern, nicht länger auf die ihnen zustehenden Rechte zu verzichten. Um der drohenden Verhaftung zu entgehen, floh er nach Straßburg. Dort entstand »Dantons Tod«, eine leidenschaftliche Auseinandersetzung mit der Französischen Revolution.
Welch großartige zweigleisige Karriere schien vor ihm zu liegen. Nach dem Erwerb des Doktortitels der Universität Zürich bereitete er sich mit einer Probevorlesung »Über Schädelnerven« auf seine Tätigkeit als Privatdozent vor. Zeitgleich arbeitete er an dem Drama »Woyzeck« und am Lustspiel »Leonce und Lena«. Das Letztere ist vordergründig ein komisches Märchen, dessen unglaublicher Tiefgang sich erst nach und nach erschließt:
Leonce, ein über alle Maßen gelangweilter Königssohn, soll mit einer Prinzessin verkuppelt werden. Er hat nicht die geringste Lust dazu und flieht. Der ihm zugedachten Königstochter geht es ebenso. Wer hätte es gedacht? Die beiden

inkognito reisenden Adelssprösslinge treffen sich auf der Flucht und verlieben sich Hals über Kopf ineinander. Der von den weitsichtigen Majestäten geplanten Heirat steht nun nichts mehr im Wege. Und wenn sie nicht gestorben sind, dann …? In diesem vergnüglichen Theaterstück wimmelt es nur so von philosophischen Andeutungen, die von Romantikern durchaus als pessimistische Grundhaltung diagnostiziert werden können:

> *Die Erde und das Wasser da unten sind wie ein Tisch, auf dem Wein verschüttet ist, und wir liegen darauf wie Spielkarten, mit denen Gott und der Teufel aus Langeweile eine Partie machen.*

Mit seinem Schreibtalent hätte dieser Dichter sicher noch viele große Werke schaffen können, wenn er nicht im Alter von gerade mal 24 Jahren dem Typhus zum Opfer gefallen wäre. Aber seine modernden Gebeine brauchen sich nicht ein drittes Mal im Grabe herumzudrehen, denn es gibt eine Zielgruppe, die ihn heiß und innig liebt: Zeitgenossen, die einfach nur so zum Spaß, aus Charisma oder auch als Broterwerb zur Feder greifen. Denn seit 1923 wird ein literarischer Preis verliehen, einer der begehrtesten im deutschen Sprachraum, mit 30 000 Euro dotiert und nach ihm benannt.

?

Wie heißt der Namensgeber des Literaturpreises, von dem die schreibende Zunft träumt?

7

Das Kraftgenie

Haben Sie die statistische Reproduktionsrate bereits erfüllt und 1,3 Kinder in die Welt gesetzt? Ja? Schwach, sehr schwach! Sie sollten sich ein Beispiel nehmen am ersten deutschen Literaturnobelpreisträger. Sein biologisches Fortpflanzungsergebnis beläuft sich auf 16 Kinder. Und diese gemischte Fußballmannschaft, einschließlich Reservespieler und Torwart, schenkte ihm eine einzige Frau, seine Gattin Maria Auguste. Nebenbei hat der gute Vater ein wissenschaftliches Gesamtwerk von 1500 Titeln zustande gebracht. Trotz dieses immensen Arbeitspensums überließ er die Erziehung seines Nachwuchses keineswegs seiner gebärfreudigen Ehefrau. Nein, er kümmerte sich selbst darum. Er bestand darauf, dass seine Töchter einen Beruf erlernten. Für die Mitte des 19. Jahrhundert eine höchst ungewöhnliche Fürsorge.

»Kraftgenie« nannten die Gymnasiasten in Altona etwas spöttisch ihren in Garding an der holsteinschen Westküste geborenen Mitschüler und späteren Laureaten. Bevor er ins Gymnasium eintrat, erhielt er vom Pfarrer der Gemeinde, der gleichzeitig sein Vater war, Schulunterricht. Ein Studium der Jurisprudenz an der Christian-Albrechts-Universität in Kiel schloss er mit einer Promotion ab. Aber nicht nur Vorlesungen der Rechtswissenschaft besuchte der lernbegierige und begabte Student, sondern auch Vorträge zu Altertum, Kunst und Literatur. Ein Stipendium seines Landesherrn, des dänischen Königs, ermöglichte ihm eine mehrjährige Reise durch Südeuropa. Das wissenschaftliche Material, das er während dieser Zeit sammelte, wurde zum Grundstock für sein großes Werk »Römische Geschichte«.

Erste literarische Erfolge erntete der Holsteiner mit dem »Liederbuch dreier Freunde«, welches er zusammen mit seinem Bruder und Theodor Storm veröffentlichte. Als Professor für Römisches Recht an der Universität Leipzig ist ihm jedoch die Lust am fröhlichen Liedersingen bald vergangen, da er 1849 am Sächsischen Maiaufstand teilnahm. Für diese unangemessene politische Betätigung wurde er prompt zu neun Monaten Gefängnis verurteilt. In zweiter Instanz sprach man ihn zwar frei. Er verlor jedoch sein Amt. Die Universitäten in Zürich und Breslau nahmen ihn dafür mit Handkuss auf.

Nachdem Gras über die ganze Sache gewachsen war, folgte der Literat einem Ruf der Berliner Universität, die ihn dort zum Rektor ernannte. Da er sich im Berliner Antisemitismus-Streit für Juden als gleichberechtigte Bürger in der Deutschen Nation eingesetzt hatte, wurde er in der Hauptstadt sogar Abgeordneter des Reichstags, dem er mehrere Jahre lang angehörte.

Im Jahre 1902, nur elf Monate vor seinem Tod, erhielt der international renommierte Gelehrte den Nobelpreis für Literatur für seine mehrbändige »Römische Geschichte«. Sie befasst sich mit den Anfängen des römischen Reichs bis zum Mord an Caesar, dem Lieblingsimperator des Geehrten. In zahlreiche Sprachen übersetzt, erfuhr dieses Werk unglaubliche 17 Auflagen. Der Erfolg dieses intellektuell brillanten Œuvre beruhte auf seiner lebendigen, gegenwartsnahen

und plastischen Sprache. Aus diesem Grund bezeichnete das Nobelpreis-Komitee den Verfasser als »größten lebenden Meister der historischen Darstellung«.
Trotz seiner immensen Popularität litt der streitbare Historiker zum Lebensende hin immer mehr an Depressionen, die es ihm wochenlang unmöglich machten, zu arbeiten.
»Ich habe in meinem Leben trotz meiner äußeren Erfolge nicht das Rechte erreicht«, stellte er zuletzt resignierend fest. Es erschütterte ihn vor allem, dass das deutsche Volk unter Kaiser Wilhelm II. mehr dem Imperialismus als den staatsbürgerlichen Freiheiten und Rechten huldigte. Die dramatischen Folgen dieser realistischen Einschätzung brauchte der Nobelpreisträger nicht mehr erleben.

?

Wie heißt dieser in allen Lebensbereichen höchst produktive Holsteiner?

39

Der Atheist

Nicht Rosamunde Pilcher dachte sich diese Herz- und Schmerzgeschichte aus, sondern das wirkliche Leben: Bei einer Weihnachtsfeier verliebt sich ein 20-jähriger Romantiker in die zehnjährige Bertha von Buchan. Sie inspiriert seine Poesie. Wann immer er zur Feder greift, fließt ihr zartes Gesicht wie ein Vorhang vor das jungfräuliche Papier. Jahr um Jahr. Als sie 17 wird, macht er ihr einen Heiratsantrag. Doch sie lehnt ab. Seiner Muse beraubt, beginnt der junge Mann enttäuscht ein Jurastudium, tritt in die Anwaltskanzlei seines Vaters ein, gründet einen Gesangsverein und vertrödelt die Zeit mit dem Schreiben von Gedichten und Liederbüchern. Obwohl ihn Zweifel an der Ehe als bürgerliche Institution beschleichen, heiratet er seine Kusine Constanze, ohne sie wirklich zu lieben.

Aber welche Tragik. Ein Jahr später trifft den in Husum geborenen Juristen und Schriftsteller wie ein Blitzschlag erneut die große Liebe. Dorothee. Sie zeigt moralische Größe und verzichtet auf ihren Traummann. Trotzdem macht es sie unendlich traurig, mitansehen zu müssen, wie die Frau, die größere Rechte auf ihren Geliebten hat, ihm sieben Kinder schenkt. Die Tragik setzt zum Endspurt an. Bei der Geburt des letzten Kindes stirbt Constanze. Auch wenn der Witwer zunächst untröstlich erscheint, bereits nach einem Jahr heiratet er seine Dorothee. Nun müsste eigentlich ein Kapitel beginnen mit der Überschrift »Die böse Stiefmutter«. Fehlanzeige. Dorothee wird den Stiefkindern nicht nur eine wundervolle Mutter, sondern bereichert die quirlige Kinderschar noch mit einer eigenen Zugabe: Friederike.

Trotz seiner gut bezahlten Stelle als Amtsrichter hat der kleine, inzwischen etwas gebeugte Mann mit dem langen, schlohweißen Bart und den milden hellblauen Augen noch reichlich freie Zeit, um insgesamt 58 Novellen zu verfassen. Mit religiöser Verbrämung von tragischen Lebensschicksalen hat der Husumer nichts am Hut. Unsterblichkeit und Auferstehung, wie sie dogmatisch von der christlichen Religion eingefordert wird, lehnt er vehement ab. Der Apfel fällt hier nicht weit vom Stamm. Wie soll der Samen für solche Wunderdinge aufgehen, wenn schon die Eltern des Literaten die Kirche lieber von außen betrachteten?

Wer heute den 1888 erschienenen »Schimmelreiter« liest, kann nachvollziehen, dass der Schriftsteller in der zweiten Hälfte des 19. Jahrhunderts zu einem der meistgelesenen Autoren deutscher Sprache gehörte. Fast wäre dieses Meisterwerk um den Deichgrafen Hauke Haien nie geschrieben worden. Als der Vielschreiber seinen 70. Geburtstag feiert, verfällt er in tiefe Depressionen. Nicht ohne Grund. Ein fortschreitender Magenkrebs hängt wie ein Damoklesschwert über ihm. Erst als die Familie mit Vorsatz ein falsches Spielchen anzettelt und ein neues ärztliches Gutachten in Auftrag gibt, das ihm eine harmlose Magenerkrankung attestiert, flackert wieder für eine begrenzte Zeit der Wunsch auf, weiterzuschreiben. Auf den letzten Seiten der Novelle darf sich der Deichgraf mit seinem Pferd todesmutig in die über den gebrochenen Deich hereinbrechenden Fluten stürzen und darin umkommen. Seine letzten Worte: »Herr Gott, nimm mich; verschon die anderen!« verhallen ungehört im Sturm.

?

Wer schrieb den »Schimmelreiter«?

59

Der dichtende Pillendreher

Liebe Leserinnen, rein hypothetisch: Sie sind verheiratet mit dem größten Langweiler unter der Sonne, mit dem berückenden Charme einer Straßenlaterne und der emotionalen Wärme eines Drei-Sterne-Gefrierschranks. Das Einzige, was Sie an Ihrem Ehemann äußerst entzückend finden, ist sein Bankkonto. Nun tritt da plötzlich ein Typ in Ihr Leben, mit Waschbrettbauch und überwältigendem Charme. Sie schmelzen förmlich dahin. Sogar vor den Traualtar will er Sie schleppen.

Aber plötzlich beginnt ein gar stacheliges Pflänzchen in Ihrer Seele zu keimen. Gewissensbisse. Sie geben dem Traummann den Laufpass. Um aber die verflossene Romantik noch ein wenig für spätere Zeiten zu konservieren, schließen Sie die anrührenden Briefe Ihres ehemaligen Liebhabers in die oberste Schublade Ihres antiken Mahagonisekretärs ein.

Sie ahnen es schon. Das kann nicht gut gehen und so nimmt das Unheil seinen Lauf. Ihr Gatte findet unerlaubterweise diese Briefe und entdeckt gänzlich unerwartet seine bis dato schlummernde romantische Veranlagung. Bei einem Duell erschießt er Ihren Romeo.

So geschehen anno 1886 in Bonn. Von wegen hypothetisch! Die junge hübsche Baronin Elisabeth von Ardenne war die

unglückliche Hauptdarstellerin in diesem Drama. Nachdem ihr Gatte, Armand Leon von Ardenne, den unerwünschten Nebenbuhler erfolgreich ins Jenseits befördert hatte, machte er klar Schiff. Er verstieß seine Gattin und nahm ihr die zwei gemeinsamen Kinder weg.
Dieses tragische und doch mit unnachahmlicher Würde getragene Schicksal der Baronin von Ardenne verarbeitete der in Neuruppin geborene Dichter zu einem Bestseller, der nur so troff von Gefühlsdramatik. Der dichterischen Freiheit gab er jedoch in »Effi Briest« freien Lauf, indem er die vom Schicksal so getretene Adlige kurz nach dem Erschießen ihres ehemaligen Liebhabers ebenfalls ableben ließ. Ihre letzten Worte:

»Ich sterbe mit Gott und Menschen versöhnt, auch versöhnt mit ihm!«

Und die Moral von der Geschicht: Liebe Leserinnen, stöbern Sie unverzüglich in allen Schubladen Ihrer weiß lackierten Wäschekommode herum, ob nicht auch bei Ihnen ähnlich fatale Briefe herumliegen. Auch wenn Duellieren inzwischen etwas aus der Mode gekommen ist – sicher ist sicher!
Das Duellieren überließ der Verfasser von »Effi Briest« lieber den schießfreudigen Protagonisten seiner Romane. Der Wegbereiter des deutschen Realismus begann mit lyrischen Dichtungen. Als approbiertem Apotheker blieb ihm jedoch nicht genügend Freiraum, sich mit derselben Intensität der Literatur zuzuwenden wie hunderterlei Salbentöpfchen, Kräutermischungen und fragwürdigen Tinkturen. Nachdem er die Apothekertätigkeit an den Nagel gehängt hatte, lieferten ihm unterschiedliche journalistische

Tätigkeiten ausgiebiges Quellenmaterial für sein späteres literarisches Gestalten. Er wurde politischer Korrespondent verschiedener Zeitungen, die ihn für vier Jahre nach London schickten. Als Reporter berichtete er über die Kriegsschauplätze der Bismarckzeit. Nach dem Ende des Deutsch-Französischen Krieges, das ihm ein kurzes Zwischenspiel in einem französischen Gefangenenlager einbrachte, schrieb er Theaterkritiken für die Vossische Zeitung in Berlin.

Die aus den unterschiedlichen Stationen seines Curriculum Vitae gewonnenen Lebenserfahrungen sind identisch mit dem uns heute von Psychogurus unermüdlich eingehämmerten »Denk positiv!«. Mit dem winzigen Unterschied, dass sich dieser Imperativ bei dem ehemaligen Pillendreher erstens viel überzeugender und zweitens viel hübscher anhört:

Du wirst es nie zu Tücht'gem bringen bei deines Grames Träumerein,
Die Tränen lassen nichts gelingen: Wer schaffen will, muss fröhlich sein …

In seinen späten Romanen legte der von einer französischen Hugenottenfamilie abstammende Neuruppiner vor allem Wert darauf, Distanz zu den Geschehnissen zu halten und als neutraler Beobachter Nachsicht und Wohlwollen walten zu lassen, auch wenn die widrigen Umstände eher ein verdammendes Urteil verdient hätten. Bodenständig und illusionslos prägte er den deutschen Humanismus des ausklingenden 19. Jahrhunderts.

Ob der großartige märkische Dichter wohl jeden Morgen mit »Frau Jenny Treibel« eine ausgedehnte, die Sinne anregende »Wanderung durch die Mark Brandenburg« unternommen hat?

Wie heißt dieser lebenskluge Autor?

16

Der Staatsschreiber

Bei der Wahl zum Mister Universum wäre er schon in der Vorausscheidung durchs Raster gefallen. Gnadenlos. Er hätte sich nicht als muskelbepackter Narziss mit ausgewogenen ästhetischen Körperproportionen auf dem Laufsteg präsentieren können, sondern einen ungestalten Selbstzweifler mit massigem Oberkörper abgegeben, der auf zwei schmächtige kurze Säulen aufgepfropft zu sein schien. (So jedenfalls hätten die Jurymitglieder wohl geurteilt.) Zeit seines Lebens litt er unter der Disproportion seiner Physis. Als so genannter Sitzriese gelang es ihm nicht, genügend gesundes Selbstwertgefühl zu entwickeln, um bei seinen zaghaften Balzvorstößen eine natürliche Attraktivität auszustrahlen oder zumindest vorzugaukeln.

Der erste Versuch schlug fehl, Marie blieb unbeeindruckt. Beim zweiten Anlauf zeigte ihm Luise die kalte Schulter, und beim dritten hoffnungsvollen Aufplustern der Federn ließ auch Johanna ihn ungerührt abblitzen. Er kapitulierte und zog es von nun an vor, sich dem stets zugänglichen Tröster Alkohol zuzuwenden.

Der Besuch der Armenschule und der kantonalen Industrieschule, von der er wegen eines Schülerstreiches verwiesen wurde, waren noch kein Wegweiser für die große

Zukunft, die dem unentschlossenen Zürcher Jungen bevorstand. Er fühlte sich erst einmal der Malerei zugetan. Nach einer Lehre bei einem Lithografen und Vedutenmaler begann er ein Kunststudium in München. Aber schon bald dämmerte es ihm, dass er auf dem falschen Pferd saß. Rein zufällig entdeckte er seine literarische Begabung, die ihm jedoch in den Anfangsjahren äußerst wenig Franken in den schwindsüchtigen Geldbeutel hineinspülte, sodass er sich fast bis zu seinem dreißigsten Lebensjahr im »Hotel Mama« durchfüttern ließ. Erst seine Anstellung als Staatsschreiber der Zürcher Regierung füllte regelmäßig die Haushaltskasse.

Wie viele seiner Schriftstellerkollegen betätigte der prominente Vertreter des poetischen Realismus sich politisch. Im Oktober 1844 und März 1845 schloss er sich den Freischarenzügen gegen Luzern an. Wegen der Jesuitenfrage waren dort offene Kämpfe zwischen der konservativen Regierung und der radikalen Opposition aufgeflammt. Er fühlte sich ungemein wohl in der Rolle des rebellischen Demokraten.

Der Mann mit dem weißen Vollbart schrieb so viele literarische Knüller, dass es schwer fällt, nicht voller Bewunderung alle herunterzubeten. Fünf Jahre arbeitete er in Berlin am Roman »Der grüne Heinrich«, der in einer späteren Fassung nicht nur als eine verdeckte Autobiografie des Schweizers, sondern auch als einer der wichtigsten Bildungsromane im deutschen Sprachraum gelten kann. Und welches dichterische Anliegen zieht sich nach erfolgreichem Abhaken der aufmüpfigen Phase durch all seine Werke? Jeden das sein zu lassen, was er ist, und die Welt so zu nehmen, wie sie ist. Und all dies mit einem nachsichtigen schelmischen Augenzwinkern.

In der Novellensammlung »Die Leute von Seldwyla« belächelt er das Kleinbürgerliche mit seinen sozialen Missständen und alltäglichen kauzigen Verschrobenheiten. Die Form der realitätsnahen Satire benutzt er, um das Groteske des Lebens aufzudecken:
In einer Kleinstadt wird ein schüchternes Schneiderlein mit unterdrücktem Hang zu Höherem versehentlich für einen polnischen Grafen gehalten. Er wehrt sich nur schwach gegen die nicht von ihm initiierte Hochstapelei. Aber für den rauschhaften Zustand, endlich einmal aus der breiigen namenlosen Masse herauszuragen und von herumscharwenzelnden Wirten und sich schamlos anbiedernden Honorationen umgeben zu sein, zahlt er einen hohen Preis:

Bei alldem erlebte Strapinski, was er in seiner Dunkelheit früher nie gekannt, eine schlaflose Nacht um die andere, und es ist mit Tadel hervorzuheben, dass es ebenso viel die Furcht vor der Schande, als armer Schneider entdeckt zu werden und dazustehen, als das ehrliche Gewissen war, was ihm den Schlaf raubte.

Nur in der Literatur, wie hier in »Kleider machen Leute«, gibt es für eine solch vertrackte Situation noch ein Happyend. Selbst als der ganze Schwindel um den Schneider, der sich in edlen Kleidern präsentiert und für einen Adligen gehalten wird, mit großem Getöse auffliegt, verzeiht ihm das bezaubernde Nettchen. Anstatt eines noblen Grafen heiratet sie nun eben einen hochstapelnden Kleidermacher. Sie bezahlt mit ihrer ansehnlichen Mitgift all seine Schulden und beglückt ihn obendrein noch mit fast einem Dutzend niedlicher kleiner Schneiderlein. Im wirklichen Leben wäre für Strapinski der unerwartete soziale Höhenflug zu einer Höllenfahrt in den Knast geworden.

?

Wie hieß der berühmte Schweizer Dichter und Ehrendoktor der Universität Zürich, der »Kleider machen Leute« schrieb?

33

Der streitlustige Poet

Gymnasiasten in Baden-Württemberg freuen sich in der Regel sehr, wenn sie mit ihm Bekanntschaft machen. Der Grund: Bei außergewöhnlich guten Leistungen in Deutsch bekommen sie einen heiß begehrten Preis verliehen, der nach ihm benannt ist, einem Lyriker, Versepiker und Erzähler von romantisch verklärten historischen Stoffen. Zu seinen bekanntesten Werken gehören »Der Trompeter von Säckingen« und »Ekkehard«.

Letzteres Werk handelt von einem jungen, in ganz speziellen Dingen noch unerfahrenen St. Galler Mönch, der sich auf dem Hohentwiel bei Singen in die Herzogin Hadwig verliebt. Das ist gerade mal schlappe 1000 Jahre her. Herzog Burchardt, der ältliche Gatte der jungen hübschen Burgherrin, hat im wilden Kriegsgetümmel das Zeitliche gesegnet und damit sowohl ein intellektuelles als auch emotionales Vakuum hinterlassen. Mit wem, um Himmels willen, soll die untröstliche Witwe denn jetzt diskutieren, ob die Erde eine Scheibe ist oder eine Kugel, und wer würde ihr nun spätabends die eiskalten Füße massieren und bei flackerndem Kerzenschein mit heiserer Stimme ins Ohr flüstern, wie hübsch sie sei? Keine Sorge, der junge, wissbegierige und hübsche Mönch steht schon in den Startlöchern. Wie es mit den beiden weitergeht, kann man in dem 1854 erschiene-

nen Bestseller nachlesen. So viel sei den hoffnungslos Neugierigen hier verraten: Sie kriegen sich nicht.
Von den flott sprudelnden Einnahmen ließ sich der Verfasser auf der idyllischen Halbinsel Mettnau bei Radolfzell ein stattliches komfortables Schlösschen bauen, das heute nach ihm benannt ist. Und der Rest der Guldenquelle reichte allemal für berauschende Weinseligkeit, welcher er mit flotten Trinksprüchen ein literarisches Denkmal setzte:

Ein braver Kerl trinkt immerdar, so viele Tag es gibt im Jahr,
Dreihundertfünfundsechzig.
Und wenn ein Jahr ein Schaltjahr ist, trinkt er als Biedermann und Christ
Dreihundertsechsundsechzig.

Der Hofbibliothekar des Fürsten zu Fürstenberg in Donaueschingen hatte Jura in München, Heidelberg und Berlin studiert. Er zählte zu den beliebtesten Schriftstellern des 19. Jahrhunderts. Die literarische Vereinigung, die nach dem in Karlsruhe geborenen Dichter benannt ist, kann sich damit brüsten, mehr Mitglieder in ihren Reihen zu haben als der elitäre Goethe-Club. Zu Recht. Denn auch der weltweit bewunderte Großmogul der Schreibkunst, den jeder kennt, aber kaum jemand liest, hätte die wehmütige Erkenntnis in Sachen gescheiterte Liebe des schriftstellernden Juristen nicht besser auf den Punkt bringen können:

… In deinen Augen hab ich einst gelesen, es blitzte dir von Lieb und Glück ein Schein.
Behüt dich Gott, es wär zu schön gewesen, behüt dich Gott, es hat nicht sollen sein.

Vielleicht ist diese entzückende melancholisch-poetische Aussage des Literaten als Omen für sein Leben anzusehen, denn die Liebe blieb für ihn ein Traum und er zeit seines Lebens unverheiratet. Nicht im Traum jedoch dachte er daran, sich das zermürbende Streiten mit Nachbarn abzugewöhnen. Fünf Zivilprozesse hatte er am Hals. Beim zeitraubenden Schriftverkehr mit den Behörden hätte ihm zumindest eine Errungenschaft des 20. Jahrhunderts große Dienste erwiesen: ein Computer. Ob er allerdings auf dem Bildschirm solch wunderbare Poesie zusammengebracht hätte, bleibt fraglich.

?

Wie heißt der berühmte Namensgeber des begehrten Schülerpreises?

50

Die Hundeliebhaberin

Ihre Pupillen werden starr, Ihr Pulsschlag beschleunigt sich, Ihre Atmung wird flach und kalter Angstschweiß bricht Ihnen aus allen Poren. Wenn Sie derart hasenfüßig auf den Anblick einer zähnefletschenden kalbsgroßen Dänischen Dogge reagieren, dann werden Sie für die Novelle »Krambambuli« nur wenig übrig haben. Gehören Sie stattdessen zu der weit verbreiteten Spezies der erklärten Hundeliebhaber, die alle Rassen oberhalb Wadenbeißergröße für die einzig wahren Freunde der Menschen halten, dann sollten Sie in die nächste Buchhandlung hasten und sich dieses Buch kaufen. Denn nur Hunde sind treu bis zum letzten Atemzug! Nur sie wedeln freudig erregt mit dem Schwanz, wenn Sie mit miesepetrigem Gesichtsausdruck die Türe öffnen und Ihr Haus betreten. Und, tut dies etwa Ihr Partner? … Nur Hunde stürzen sich stürmisch auf Sie, knallen ohne Rücksicht auf Ihre geblümte rosa Seidenkrawatte die Vorderpfoten auf Ihre Brust und lecken Ihnen mit triefender Zunge das Gesicht ab. Und, macht dies etwa Ihre Partnerin? … Aber, sind die Vertreter der Familie der Canidae wirklich so ergeben, wie es von ihnen erwartet wird?
In »Krambambuli« treibt eine der bedeutendsten deutschsprachigen Erzählerinnen des 19. Jahrhunderts den Treuekonflikt bis zur fast unerträglichen Seelenpein: Ein Förster

kauft einem berüchtigten Wilddieb dessen Hund ab. Erst eine Menge rauer Fußtritte und Schläge bringen den schmählich Verschacherten dazu, seinem neuen Herrn bedingungslos zu folgen. Bei einer dramatischen Konfrontation zwischen dem alten und neuen Hundebesitzer steht Krambambuli zwischen den Fronten. Für welche wird sein gequältes, hin und her gerissenes Hundeherz sich entscheiden und welches Herrchen wird – von tödlichen Schüssen getroffen – zu Boden sinken?

Nicht nur einfühlsame Tiergeschichten schrieb die zu Beginn des 19. Jahrhunderts auf Schloss Zdislawitz in Tschechien geborene adlige Schriftstellerin. »Dorf- und Schlossgeschichten«, »Das Gemeindekind« und »Unsühnbar« sind nur einige der Titel, die ihren Ruhm als gesellschaftskritische Erzählerin begründeten. Ihre Novelle »Er lässt die Hand küssen«, in der die herrschende Oberschicht einem jungen Domestiken gnadenlos die elementarsten Lebensrechte abspricht und ihn achselzuckend zu Tode hetzt, erschüttert viele Leser bis heute.

Die Dichterin mit dem Scharfblick des Herzens – diese treffende Bezeichnung gab ihr die Biografin Sybil Gräfin Schönfeldt – prangerte in ihren realistischen Erzählungen die kaltherzige Moral der satten und selbstzufriedenen Wiener Adelsgesellschaft an, der sie selbst angehörte. Wie die allermeisten Schriftsteller unterlag sie der Illusion, dass der ethische Humanismus, den sie in ihren Werken propagierte, die Gedanken ihrer Zeit verändern könnten.

»Die Güte, die nicht grenzenlos, verdient den Namen nicht«, forderte die kinderlos gebliebene mährische Grafentochter. Mit 18 Jahren heiratete sie Moritz, ihren wesentlich älteren Cousin. Das Paar ließ sich in Wien nieder. Ihr Gatte förderte ihre literarischen Neigungen ebenso wie ihre – zur

damaligen Zeit – verrückte Idee, eine Uhrmacherlehre zu absolvieren. Die ungewöhnlichen Erfahrungen dieser Ausbildung schlugen sich nieder in ihrem Roman »Lotti, die Uhrmacherin«.
Die Bücher der mehrfachen Halbweise (sie verlor nicht nur die leibliche Mutter sondern auch die erste innig geliebte Stiefmutter; die zweite, mit der sie ebenso eng verbunden war, blieb ihr länger erhalten) wurden so erfolgreich, dass sie nicht nur in Österreich, sondern auch in Deutschland enthusiastisch gefeiert wurde. Ihre in Berlin inszenierten Werke »Ohne Liebe« und »Am Ende« lockten unzählige Besucher in die »Freie Bühne«. Sie schrieb nicht nur mitreißende Bücher, sondern auch Geschichte. Denn die ehemalige Gräfin Dubský war die erste Frau, der die erzkonservative Wiener Universität den Ehrendoktortitel verlieh. Als die dichtende Freifrau in Wien starb, hatte sie ihren Gatten schon 17 Jahre überlebt. Wie sie es sich gewünscht hatte, fand sie ihre letzte Ruhestätte in ihrem Heimatort Zdislawitz (tschechisch: Zdislavice).

?

Welche Dichterin schrieb »Krambambuli«?

13

Der Falke

Die Beine leicht angewinkelt, lag er in der Hängematte und blinzelte schläfrig in das kleine Fleckchen azurblauen Himmels weit über ihm. Graugrün schimmernde Zypressen verdeckten das silbrige Glitzern des nahe gelegenen Sees. Nur das verhaltene Gurgeln der sanft auslaufenden Wellen war zu hören. Er seufzte voller Wohlbehagen. Nirgendwo auf der Welt war man dem Himmel näher als hier in Italien. Ein sanfter Knuff weckt 1910 den Nobelpreisträger in spe aus seinen Träumereien. »Jetzt sind Sie dran, der König wartet!«, zischt es von links.
Die Laudatio für den inzwischen schon 80-jährigen Sohn eines Berliner Philologen lautete: »Der Nobelpreis wird vergeben als Huldigungsbeweis für das vollendete und von idealer Auffassung geprägte Künstlertum des Laureaten, das er während einer langen und bedeutenden Wirksamkeit als Lyriker, Dramatiker, Romanschriftsteller und Dichter von weltberühmten Novellen an den Tag gelegt hat.« Die Mutter des Geehrten, Julie Saaling, stammte aus einer vornehmen jüdischen Juweliersfamilie und war verwandt mit der Mendelssohn-Dynastie. Nach einem Studium der Literatur- und Sprachwissenschaften promovierte der junge Gelehrte über die Poesie der Minnesänger. Ein Reisestipendium für Italien entfachte seine Liebe für das paradiesische Land der

Zypressen. Fast ein Jahrzehnt lebte er im Winter in Gordone am Gardasee und im Sommer in seiner Wahlheimat München.

Die Ernennung zum Hofdichter durch den bayerischen König Maximilian II. sicherte dem Mitbegründer des psychologischen Romans passable Einkünfte. Aber der junge Angestellte stellte sich als nicht eben pflegeleicht heraus. Denn er weigerte sich, eine Nationalhymne zu texten. Zusammen mit Emanuel Geibel bildete er das klassisch-romantische Herz des Münchner Dichterkreises, der sich dem aufkommenden Trend des Realismus standhaft widersetzte. Der Berliner sorgte für Furore mit seiner so genannten Falkentheorie: Nach diesem Konzept sollte eine Novelle stets ein symbolträchtiges Leitmotiv, den Falken, aufweisen. »Der Falke ist eine Silhouette, die sich durch irgendeine signifikante Einzelheit sofort dem Gedächtnis einprägt«, erläuterte er in seiner Einleitung zum »Deutschen Novellenschatz« sein neues Konzept.

Dieser Theorie folgte auch »L'Arrabbiata«, eine seiner ersten Novellen. Das Fischermädchen Laurella, etwas spröde und trotzig (auf italienisch: arrabbiato), wird von einem Schiffer angeschmachtet. Bei einer Überfahrt von Capri nach Sorrent kommt es zum Handgemenge zwischen den beiden. Die hübsche kratzbürstige Laurella beißt dem balzenden Schiffer in die Hand und springt über Bord. Eben dieser Biss in die Hand stellte für den Autor jenen »Falken« in den Liebesverwicklungen um die widerspenstige Italienerin dar. Gibt es dennoch ein Happy end?

Als der Literat 1910 vom bayerischen König geadelt wurde, konnte er auf ein umfangreiches Lebenswerk zurückblicken. Zu den bekanntesten Arbeiten gehören sicherlich »Andrea Delfin«, »Nerina«, »Gegen den Strom« und »Ge-

burt der Venus«. Aber auch als Übersetzer von italienischen und spanischen Texten machte er sich einen Namen.
Eine literarische Kostbarkeit ist seine Poesie. Sie geht zu Herzen. Unglaublich berührend wirken seine Gedichte über den Verlust eines Kindes. Eine solche Seelenpein kann nur in einfühlsame Worte fassen, wer selbst trauert:

Tragt mir die Schale fort mit Walderdbeeren!
So schmerzlich süße Bilder wecken sie,
Dass ich der Tränen kaum mich kann erwehren.
Saß nicht beim Nachtisch stets auf meinem Knie
Das liebe Kind, mit ungeduld'ger Bitte,
Bis ich der Schmeichlerin den Teller lieh? …

Vier Jahre lang konnte sich der zweimal verheiratete Dichter über seinen Literaturpreis freuen. Ob er sich heute wohl in einer sphärischen Hängematte räkelt und entrückt dem Rauschen der sich sanft im Winde wiegenden Palmen lauscht?

?

Welcher Schriftsteller entwickelte die Falkentheorie?

26

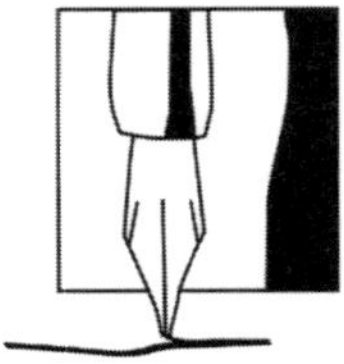

Der Verschmitzte

Liebe Leser, reisen Sie doch einmal mit der Zeitmaschine 150 Jahre zurück. Und dann stellen Sie sich vor, Sie hätten allerscheußlichstes Zahnweh. Es klopft und stampft in Ihrem linken oberen Backenzahn wie in einer dröhnenden Hammerschmiede. Der gesamte Weltschmerz scheint sich an diesem verflixten Ort ein Stelldichein zu geben.

Erst räuchern Sie die Mundhöhle aus, dann umspülen Sie Ihren Amok laufenden Zahn mit einem kräftigen Schluck Schnaps. Umsonst. Schmerzgepeinigt verprügeln Sie Ihre Frau, die sich besorgt nach Ihrem Befinden erkundigt. Dann kleben Sie ein Heilpflaster auf Ihre Backe und legen sich erst ins und dann unters Bett, in der Hoffnung auf Linderung. Ebenfalls vergebens. Mit letzter Kraft schleppen Sie sich zum Zahnarzt. Fröhlich lächelnd empfängt Sie der Retter in der Not. Es bleibt Ihnen kaum Zeit, vor Schreck zu erblassen. Denn der Doktor packt Sie im Genick und schlingt ruckzuck einen bizarr gebogenen Draht um Ihren vereiterten Backenzahn. Dann zieht er Sie hoch, etwa so, wie ein Metzger eine frisch geschlachtete Schweinehälfte an den Fleischerhaken hängt. Die Prozedur ist vieltausendmal eingeübt. Der Zahnarzt nimmt dabei nicht einmal seine Pfeife aus dem Mund und pafft Ihnen ungerührt weiße Rauchwölkchen ins schmerzverzerrte Gesicht. Noch ehe Ihnen ein gurgelnder

Entsetzensschrei entfährt, plumpsen Sie unsanft auf den Fußboden. Mit der linken Hand hält der freundliche Oralchirurg Ihren Backenzahn am Haken und Sie schauen teils verdattert, teils erleichtert auf Ihren ehemaligen Quälgeist.
Der Albtraum, den Sie soeben durchlitten haben, ist nichts anderes als die Beschreibung der Bildergeschichte »Der hohle Zahn«, historisch belegt, meisterhaft karikiert und in Verse gefasst von einem Unsterblichen der ironischen Zunft.
Die Heiterkeit wurde dem begnadeten Poeten und Karikaturisten jedoch nicht in die Wiege gelegt. Er ist kaum neun Jahre alt, als er die ersten traumatischen Erlebnisse verarbeiten muss. Der Platz im elterlichen Haus in Wiedensahl bei Hannover wird nach der Geburt des siebten Kindes einfach knapp. Und so beschließen die Eltern schweren Herzens, ihren Ältesten zu seinem Onkel, einen Pastor bei Göttingen, auszuquartieren. Der Onkel erteilt ihm Privatunterricht und legt damit den Grundstock für eine Ausbildung an der Kunstakademie Düsseldorf. Der nüchterne akademische Betrieb entspricht jedoch nicht dem künstlerischen Drang des Lernbegierigen. Nach nur wenigen Monaten wechselt er an die Königliche Akademie der Schönen Künste in Antwerpen und an die Kunstakademie in München.
Auch eine schwere Typhuserkrankung hindert ihn nicht daran, 1865 seine ersten Bildergeschichten zu veröffentlichen. »Max und Moritz«, die zwei lausigen Bengel, halten nicht nur den Lehrer Lämpel in Atem, sondern auch die dicke Witwe Bolte:

Eben geht mit einem Teller Witwe Bolte in den Keller,
dass sie von dem Sauerkohle eine Portion sich hole,
wofür sie besonders schwärmt,
wenn er wieder aufgewärmt.

Welch fatale Auswirkung die Vorliebe Witwe Boltes für aufgewärmtes Sauerkraut hat, das erzählt der zweite Akt der Bubengeschichte in sieben Streichen. »Maler Klecksel«, »Der hohle Zahn« und unzählige weitere Bildergeschichten entzücken nicht nur Kinder, sondern Erwachsene ebenso. Erste Gehversuche im ironischen Genre machte der Verfasser mit Beiträgen für die »Fliegenden Blätter«, einer humoristischen Zeitschrift in München. Der unverheiratet Gebliebene lernte im Hause seines Bruders in Frankfurt Johanna Kessler kennen, die für ihn jedoch nur eine verständnisvolle Freundin bleibt. Um trotzdem nicht auf den Frust und die Freuden eines Vaters verzichten zu müssen, zieht er zu seiner verwitweten Schwester Fanny ins Pfarrhaus und übernimmt die Vaterrolle für seine drei Neffen.

?

Wer schrieb und malte die scharfsinnigen Geschichten und Moritaten über die Gesellschaft des 19. Jahrhunderts?

8

Der Alpenprometheus

Wenn Sie schon im sperrigen Alter von 17 Jahren ganz genau wussten, welchen Beruf Sie einmal ergreifen würden, etwa den eines Kaminfegers, dann befinden Sie sich in illustrer Gesellschaft.
Nicht nur Sie, sondern auch ein schweizerischer Nobelpreisträger für Literatur war schon mit 17 Lebensjahren zu scharfsinniger Analyse fähig. Auszug aus seinen autobiografischen Erinnerungen:

> *Und jäh wie der Blitz, hell wie der Mittag durchfuhr mich ein Gedanke: Das ist's, nicht die Musik, nicht die Malerei, sondern die Poesie. In ihr kannst du deinen Trotz, deinen Grimm, überhaupt alles aussprechen, was dich bedrückt und was du zu sagen hast. Und sie bedingt keine technischen Studien, heischt keine Schule, keinen Unterricht, keine Hilfe, keinen Lehrer. Du bekommst es einzig mit deiner Seele und mit deinem Kunstgewissen zu tun. Und noch etwas, hei Glück!, du kannst im Stillen und Geheimen schaffen, ohne dass irgendein Mensch es ahnt.*

Geahnt hatten es damals freilich viele, dass der in Liestal bei Basel geborene Sohn eines kantonalen Schatzmeisters heimlich dieser meist brotlosen Kunst frönte. Und von wegen keine Schule und keine Studien! Der Vater verdonnerte ihn schlichtweg dazu, Jura zu studieren. Eine Qual, die der zu Schöngeistigem Berufene abbrach, um ein Theologiestudium in Zürich, Heidelberg und Basel aufzunehmen. Anstatt nach dem Abschluss sein wertvolles Wissen um Gott und die Welt als Gemeindepfarrer umzusetzen, zieht er es vor, mehrere Jahre lang Erfahrungen als Hauslehrer in Russland und Finnland zu sammeln.

Nach der Rückkehr in die Schweiz, die der mehrsprachige Literat nach der toleranten und wohlwollenden Aufnahme im hohen Norden als äußerst kleinkariert und spießig empfindet, arbeitet er als Redakteur bei der »Schweizer Grenzpost« und der »Neuen Zürcher Zeitung«. Schon lange braucht er nicht mehr heimlich zu dichten. Er sieht sein künstlerisches Anliegen im Schreiben von mythologischen Epen, in denen die Erlebniswelt antiker Göttergestalten in die Moderne übertragen wird. Aber auch als Lyriker, Erzähler und Essayist macht er sich einen Namen. Der Durchbruch gelingt ihm 1905 mit »Olympischer Frühling«:

Darin steigen die jungen Götter aus dem Hades hinauf zum Olymp, wo sie reichlich Zoff erwartet. So kriegt sich etwa Zeus mit Apoll wegen Hera in die Wolle. Verzweiflung, Mühsal, Kampf, Zweifel und vor allem Hoffnung und immer wieder Hoffnung, in immerhin 20 000 Verse gepackt.

Durch seine Heirat mit Marie Op den Hoof segelt der Vielschreiber schließlich mitten ins Schlaraffenland. Er darf in das Haus seines Schwiegervaters in Luzern einziehen und ist fortan frei von materiellen Sorgen. Ohne sich darüber den Kopf zerbrechen zu müssen, welche Finanztöpfe die Bezahlung der knusprigen Röstis am nächsten Tag sicherstellen, kann er nun Werke schreiben wie »Schmetterlinge«, »Der Ehrgeizige« und »Imago«. Sein ganzes Herzblut hat er in

den letzteren Roman einfließen lassen: sowohl die zarte Romanze mit seiner Kusine Ellen als auch die Zusammenhänge zwischen Kunst und Leben. Und so ist es auch nicht weiter verwunderlich, dass Sigmund Freud seine Zeitschrift für Psychoanalyse nach diesem Buchtitel benennt: »Imago«.
Eine weiteres Werk, in dem sich die Lebenserfahrungen des Dichters eindrucksvoll manifestieren, ist »Prometheus der Dulder«. Seine Nähe zu Nietzsche und Schopenhauer offenbart der Mann mit dem dichten weißen Vollbart und den milde blickenden Augen in »Beziehungen zu Nietzsche« und »Unphilosophische Gedanken«.
Sein größter Bewunderer ist der französische Schriftsteller Romain Rolland, der ihn für die höchste Auszeichnung der schreibenden Zunft vorschlägt. Mit Erfolg. Am 1. Juni 1920 erhält der Schweizer rückwirkend für das Jahr 1919 den Nobelpreis für Literatur. In der Laudatio heißt es: »Hinter seiner Mythologie verbirgt sich ein ganz persönlicher innerer Kampf, und sie ist Ausdruck eines Lebensgefühls, das er sich im Laufe seiner eigenen Entwicklung erwarb.«

?

Welcher Schweizer Literat kannte schon mit 17 Jahren sein Berufsziel?

56

Der Dichter, der die kleinen Leute verstand

Können Sie sich an die Zeit erinnern, als Sie sich noch in der entwicklungsfähigen Dreikäsehoch-Phase befanden? Träumten Sie auch davon, dass Sie – einmal so groß wie Papa – als tollkühner Flugzeugkapitän über Länder und Meere fliegen würden? Oder folgten Sie den meisten Ihrer Altersgenossen und entschieden sich für Lokomotivführer als Traumberuf. Oder hatten Sie ganz andere Pläne? Wie dem auch sei, Bahnwärter zu werden, der es unglaublich spannend findet, tagein, tagaus die Schranken schließen zu dürfen, das wäre Ihnen wahrscheinlich niemals in den Sinn gekommen.

Glücklicherweise gibt es doch immer wieder Menschen, die sich für diesen Beruf entscheiden. Sonst wäre es einem Nobelpreisträger für Literatur unmöglich gewesen, eine Novelle zu schreiben mit dem Titel: »Bahnwärter Thiel«. Langweilig, so ein Bahnwärterleben? Ganz und gar nicht. Anstatt ereignislos dahinplätschernder Eintönigkeit – Schranke auf, Schranke zu – erwartet den Leser Dramatik pur:

Da die erste Frau im Kindbett verschieden ist, verheiratet sich der Bahnwärter Thiel ein zweites Mal. Der kleine Tobias, den ihm die verstorbene Gattin hinterlassen hat, wird von seiner lieblosen, jähzornigen Stiefmutter gepiesackt und gequält. Sein Martyrium verschlimmert sich noch, nachdem die böse Ersatzmutter ein eigenes Kind zur Welt gebracht hat. Als sie eines Tages ihrer Aufsichtspflicht nicht nachkommt, wird Tobias vom Zug überfahren. Bahnwärter Thiel, der sich zuvor nie getraut hatte, sein misshandeltes Tobiaschen in Schutz zu nehmen, läuft nun Amok. Er zertrümmert seiner Frau den Schädel und schneidet seinem zweitgeborenen Sohn die Kehle durch. Und der Bahnwärter? Am nächsten Morgen fand ihn der diensttuende Kollege zwischen den Bahngleisen, an der Stelle sitzend, wo sein geliebtes Söhnchen überfahren wurde. Welchen Gegenstand er wohl krampfhaft mit seinen klobigen Händen umklammerte?

Der in Obersalzbrunn in Schlesien geborene Verfasser dieser Tragödie konnte sich wie kaum ein anderer in das Elend und Leiden der einfachen Menschen hineinversetzen. »Dichten ist ein großes Erleiden«, beschrieb er einmal seine nie enden wollende Bereitschaft zum Miterleben und Mitfühlen. In seinem bekanntesten Drama »Die Weber« setzt er den Hungeraufstand der schlesischen Leinwandweber im Jahre 1844 mit einer solchen Intensität in Szene, dass das Stück auch heute noch von großen Theaterbühnen aufgeführt wird: Der skrupellose Fabrikant Dreißiger lässt die von ihm abhängigen Leinwandweber verelenden. Ihn interessieren nur die Erlöse für die wertvollen Stoffballen, die zerlumpte, ausgemergelte Gestalten in seiner Fabrik abliefern. Er ist taub für ihre Schreie nach Brot.

Nach der Uraufführung dieses gesellschaftskritischen Dramas im Deutschen Theater kündigte Kaiser Wilhelm II. empört seine dortige Loge. Weitere Aufführungen wurden durch den Berliner Polizeipräsidenten verboten.

Nicht nur Dramen wie »Die Ratten« und »Rose Bernd« verfasste der Literat, der in seiner Jugend mehrere Jahre eine Bildhauerakademie besucht hatte, sondern auch Tragikomödien. In »Der Biberpelz« kämpft Mutter Wolffen nicht verbissen, sondern mit List, Witz und Einfallsreichtum um die Aufbesserung der schwindenden Haushaltskasse. Dass sie es dabei mit dem Siebten Gebot nicht so genau nimmt, ist fast zu erwarten.

Die Heirat mit einer reichen Großkaufmannstochter versetzt den dichtenden Schlesier in die äußerst angenehme Lage, seinen Lebensunterhalt nicht selbst verdienen zu müssen, sondern sich ganz seiner Berufung, dem Schreiben, widmen zu können. Doch die anfängliche eheliche Harmonie gerät bald ins Stottern. Denn ewig lockt ein anderes Weib! Eine junge hübsche Musikstudentin verdreht dem zu den bedeutendsten Vertretern des Naturalismus zählenden Schriftsteller den Kopf. Er trennt sich von den bis zum Lebensende garantiert vollen Fleischtöpfen und deren bereitwilliger Lieferantin, um die Neue zu heiraten. Nicht nur die Verleihung des Grillparzer-Preises sondern auch der Nobelpreis für Literatur im Jahre 1912 sichern ihm von nun an den stetigen Nachschub im Brotkorb.

Trotz – oder vielleicht gerade wegen – seiner großen Erfolge überfallen den ständigen Gottsucher Sinnkrisen: Wozu das Ganze? Nein, nicht aufgeben! Seine Protagonisten stemmen sich meist vehement gegen die ihnen vom Schicksal zugewiesenen kläglichen Rollen. Die Benachteiligten und Gedemütigten lassen nichts unversucht, ihre Lebensumstände zu verbessern, um wenigstens ein winziges Stückchen vom großen Kuchen des Glücks zu erhaschen. Häufig mit fatalem Ausgang.

Kurz nach dem Ende des Zweiten Weltkrieges stirbt der

Nobelpreisträger in seinem Haus in Agnetendorf im Riesengebirge. Auf der Ostseeinsel Hiddensee findet er auf eigenen Wunsch seine letzte Ruhestätte.

Wie heißt der berühmte Vertreter des Naturalismus?

21

Der Arzt, der die Gesellschaft sezierte

Aufs Äußerste konzentriert richtet Carlo den Bolzen auf das Ziel: die alte Esche an der Mauer. Er schießt. Im gleichen Moment lässt ihn ein durch Mark und Bein gehender Schmerzensschrei aus der Richtung des Baumes erstarren. Der Bolzen hat sein Ziel verfehlt und stattdessen das Auge des kleinen Geronimo durchbohrt. Der eilends herbeigerufene Arzt kann das Auge nicht retten. Es kommt noch schlimmer, denn wenig später läuft auch das gesunde Auge aus. Geronimo, Carlos jüngerer Bruder, wird blind. Bald darauf sterben auch noch beide Eltern. Carlo, von schweren Schuldgefühlen gepeinigt, schwört, seinen Bruder niemals zu verlassen und für ihn bis an sein Lebensende zu sorgen. Als singende und Gitarre spielende Bettler in einem schmuddeligen alten Gasthaus an der italienischen Grenze verdienen die beiden zum Leben zu wenig, zum Sterben zu viel. Eines Tages flüstert ein elegant gekleideter Gast bei der Abreise dem blinden Geronimo aus Jux zu, dass er seinem sehenden Bruder ein Goldstück zugesteckt hat. In Wirklichkeit jedoch war es nur eine Münze von geringem Wert. Das Unheil nimmt seinen Lauf. Von nun an bringt der blinde Bettler seinem Bruder tiefstes Misstrauen entgegen.

»Ich weiß doch, dass du lügst. (...) Immer lügst du! (...) Schon hundertmal hast du gelogen! (...) Auch das hast du für dich behalten wollen, aber Angst hast du bekommen, das ist es!«, schleudert Geronimo voller Argwohn seinem Bruder entgegen.

Carlo ist verzweifelt. Wird es ihm gelingen, seine Redlichkeit zu beweisen und das Vertrauen seines Bruders zurückzugewinnen?

Bis zum Schluss der Erzählung »Der blinde Geronimo und sein Bruder« hält der Autor die Spannung. Nicht nur in dieser einfühlsamen Prosa gelingt ihm dies auf beeindruckende Weise, sondern auch in seinen Theaterstücken wie in »Liebelei«, das ihm zum Durchbruch als Dramatiker verhalf. Vor dem Beginn des Ersten Weltkrieges war der gebürtige Wiener der am häufigsten gespielte Autor am Burgtheater. Immer wieder sorgte er mit seinen Stücken für öffentliches Aufsehen. In der Erzählung »Leutnant Gustl« glauben notorische Nörgler eine Schmähung der Armee herauszulesen, mit der Folge, dass dem Verfasser der Reserveoffiziersgrad aberkannt wird. Die frivole Freizügigkeit im Dialogzyklus »Reigen« ist für seine prüden Zeitgenossen ein rotes Tuch und sorgt für dicke Schlagzeilen, ebenso das Ärztedrama »Professor Bernhardi«, das die Zensur bis 1918 von der Bühne verbannt.

Der eigentlich zum Mediziner ausgebildete Schriftsteller beginnt seine Karriere zweigleisig. Als Sekundararzt am Wiener Allgemeinen Krankenhaus und später als Betreiber einer Privatpraxis wird er mit viel Leid konfrontiert, das geradezu danach schreit, in psychologisierender Eindringlichkeit literarisch aufbereitet zu werden. Sigmund Freud und seine Schüler ziehen die Werke des zum Kreis »Wiener Moderne«

zählenden Dichters gelegentlich als Beweis für ihre psychoanalytischen Theorien heran. Wie ein unsichtbarer roter Faden zieht sich durch seine Romane und Erzählungen eine zutiefst ethische Grundhaltung. Nach den ersten Erfolgen seiner Publikationen hängt er seinen weißen Arztkittel und das Stethoskop schließlich für immer an den Nagel und widmet sich nur noch dem Schreiben. Später wird er sogar zum österreichischen PEN-Präsidenten ernannt.

Privat jedoch treffen den jüdischen Autor eine Reihe tragischer Schicksalsschläge: die nie ganz verarbeitete Scheidung von seiner Frau Olga, der schmerzliche Suizid seiner Tochter und ein fortschreitendes Gehörleiden. Anfang der 30er Jahre des letzten Jahrhunderts stirbt der sensible Literat. Damit werden ihm die leidvollen Erfahrungen seiner jüdischen Schriftstellerkollegen während der Nazizeit erspart. Auch seine Bücher werden verbrannt.

?

Wie heißt dieser österreichische Arzt und Schriftsteller der Jahrhundertwende?

53

Die Katze

Anfang des letzten Jahrhunderts war es noch unüblich, zur Publikation freigegebene, mühsam erworbene Lebenserfahrungen mit reißerischen Titeln zu versehen wie »Warum Frauen dauernd ihr Bewusstsein erweitern und Männer besser Hemden bügeln können«. Deshalb wählte die in Braunschweig geborene Tochter eines Großkaufmanns schlichte Überschriften wie »Erinnerungen an das eigene Leben«. Darin hielt sie die während eines Museumsbesuchs in Winterthur gewonnene Erkenntnis fest:

> *Manchen Künstlern erwiese man die größte Wohltat, wenn man sie dafür zahlte, dass sie nicht mehr malen; oder damit, dass man ihnen gar nichts gäbe, damit sie einen anderen Beruf ergriffen.*

Bei allen, von ihrem Charisma felsenfest überzeugten Malern wird diese Aussage wohl blankes Entsetzen hervorrufen. Weit tiefer war das Entsetzen, das die bildungshungrige junge Dame nach ihrem Abitur in ihrer Familie auslöste. Denn was sie sich in den hübschen Kopf gesetzt hatte, grenzte an Häresie. Ein Universitätsstudium. Damit dieses ketzerische Ansinnen sich nicht zu einer nationalen Epidemie ausweiten konnte, hatte das weitsichtige kaiserliche

Deutschland vorsorglich den Frauen den Zugang zu Universitäten untersagt. Frauen sollten gefälligst dort bleiben, wo sie von ihrem Naturell her hingehörten: in der Küche. Hatte das weibliche Geschlecht denn nicht genügend Möglichkeiten, sich beim Wäschewaschen, Hemdenbügeln und Grießbreikochen zu verwirklichen? Somit blieb ihr nichts anderes übrig, als in die liberale Schweiz auszuweichen und in Zürich Geschichte und Philosophie zu studieren und mit einer Dissertation über »Die Neutralität der Eidgenossenschaft während des spanischen Erbfolgekrieges« abzuschließen. Reichlich lustlos arbeitete sie anschließend als Bibliothekarin und Lehrerin, um sich dann in Wien als freie Schriftstellerin niederzulassen.

Die große Katzenliebhaberin, die von ihrem ersten Ehemann, einem italienischen Zahnarzt, selbst liebevoll »meine Katze« genannt wurde, übte sich in unterschiedlichen literarischen Genres. Romane, historische Studien, Dramen, Biografien und Gedichte gehörten ebenso dazu wie die mehrfach verfilmte Kriminalgeschichte »Der Fall Deruga«. Ihre historischen Romane befassten sich meist mit der deutschen, italienischen und russischen Geschichte, damit trug sie zur so genannten Erneuerung der Romantik bei. Während die Dichterin mit Ermanno Ceconi, genannt Mannochen, in Triest lebte, tauchte sie tief in die italienische Geschichte ein. Die erstmalige Aufarbeitung der politischen Einigung Italiens, genannt »Risorgimento«, unter der Führung von Giuseppe Garibaldi, verschaffte ihr große Sympathien unter den späteren Faschisten. Dies war auch der Grund, warum sie im nationalsozialistischen Deutschland nicht verfolgt wurde, obwohl sie ihre ablehnende Haltung gegenüber dem braunen Regime durch ihren Austritt aus der Preußischen Akademie der Künste untermauerte.

Die Goethe-Preisträgerin der Stadt Frankfurt hielt sich persönlich für selbstsüchtig. Ihre leidenschaftliche Gier, sich des Lebens zu bemächtigen, schloss jedoch eine höchst empfindsame und mitfühlende Gefühlsstruktur nicht aus. Während ihres Studiums in der Schweiz lebte sie in einer nicht eben luxuriösen Pension, in der sie ihre Unterkunft mit etwas gewöhnungsbedürftigen Untermietern teilte: Mäusen. Sie hätte es nicht ertragen können, wenn ihre ungebetenen Zimmergenossen zerfleischt worden wären. Deshalb hing sie der Hauskatze ein Glöckchen um, damit sorglose Mäuschen sich rechtzeitig in Sicherheit bringen konnten.
Mindestens ebenso zahlreich wie ihre Werke wie »Frau Celeste«, »Menschen und Schicksale aus dem Risorgimento« und »Herbstfeuer« waren die Lebensorte der Dichterin. Nicht nur in Italien, Österreich und der Schweiz fand sie einen vorübergehenden Lebensmittelpunkt, sondern auch in Bremen, Jena, Berlin, Heidelberg und München, wo sie später Ehrensenatorin der Stadt wurde. Obwohl sie ihren Ehemann und Zahnarzt, mit dem sie eine Tochter hatte, immer noch liebte, trennte sie sich von ihm. Kurz darauf heiratete sie ihren Schwager und gleichzeitigen Vetter, mit dem sie schon früher eine zärtliche Romanze hatte, als er noch mit ihrer Schwester verheiratet war. Aber dem Neuaufguss fehlte der romantische Zauber der früheren Heimlichkeit. Nach wenigen Jahren begriff sie teils beglückt, teils resignierend, dass die emotionale Affinität mit dem feinfühligen Ermano alle anderen Beziehungen in den Schatten stellte, und so pflegte sie mit ihrem Exgatten bis zu seinem Tod eine wunderbare Beziehung auf Distanz.
Am Ende ihres eigenen Lebens konnte die Schriftstellerin noch eine große Anerkennung für sich verbuchen: Sie

wurde Ehrenpräsidentin des ersten deutschen Schriftstellerkongresses in Ost-Berlin. Weitere Würdigungen erfolgten posthum. Heute sind zahlreiche Gymnasien nach der emanzipierten und höchst erfolgreichen deutschen Literatin benannt.

?

Welche Schriftstellerin lebte in vielen Städten Deutschlands?

28

Der Bengel

Wir haben jetzt immer Eier gekauft, wenn wir aus dem Gymnasium sind. Wir haben es entdeckt, dass kein Fenster nicht kaputtgeht, wenn man es mit einem Ei trifft. Es platscht, und die Leute unten lachen, weil es so gelb ist, und die Leute oben reißen das Fenster auf und schimpfen furchtbar.

Auch wenn es nicht so klingt, diese mittlerweile vielfach erprobte Empfehlung für echte Bengel stammt aus der an die 100 Jahre alten Erzählung »Tante Frieda«. Der Verfasser der treffsicheren Gebrauchsanweisung, um sich rasch und problemlos Ärger aufzuhalsen, übernahm schon damals keinerlei Verantwortung für eventuell ausgeschlagene Frontzähne und veilchenblaue Augen, die man sich bei derartigen Streichen möglicherweise einhandeln wird, sollte man trotz aller Vorsichtsmaßnahmen auf frischer Tat ertappt werden.

Der Autor war das Musterbeispiel eines bayerischen Heimatschriftstellers. Aber nicht nur das. Er war außerdem einer der Gründer und Redakteur der satirischen Wochenzeitschrift »Simplicissimus«, dem erfolgreichen bayerischen Vorbild der heutigen *Titanic*. Sorgsam verpackt in Lokalkolorit und Folklorestimmung, führte der Oberammergauer stets scharfe Angriffe gegen politischen Klerikalismus und Spießermoral. Aber nicht alle verstanden Spaß. Eine besonders giftige Satire auf die geistliche Obrigkeit brachte ihm 1906 eine sechswöchige Gefängnisstrafe ein, die er tapfer im zugigen Zuchthaus Stadelheim absaß. Immerhin wurde ihm im Knast eine Sonderbehandlung zuteil. Sechs Zigarren und ein Schoppen Rotwein täglich genehmigte der gütige Gefängnisdirektor dem promovierten Einsitzer.

Der studierte Forstwirt und Jurist schaute dem Volk in seiner eigenen Anwaltskanzlei erst in Dachau und später in München aufs Maul. Aber das wortgewaltige Wettern in muffigen Gerichtssälen ließ ihm einfach nicht genügend Spielraum, um bayerische und andere empfindsame Volksseelen mit den Werken »Lausbubengeschichten«, »Jozef Filsers Briefwexel«, »Andreas Vöst«, »Moral« und »Onkel Peppi« zu erfreuen. Deshalb verkaufte er seine einträgliche Kanzlei, um sich danach ganz der spitzen Feder widmen zu können.

Ganz besonders sorgfältig spitzte das bayerische Urgestein seinen Griffel für eine neue satirische Wochenzeitschrift. »März« hieß dieses Blatt, das er 1907 zusammen mit Hermann Hesse, Theodor Heuss und weiteren Literaten gründete. Hübsche kleine Boshaftigkeiten heckten sie für dieses neue Journal aus, das sich mit konstruktiver Kritik statt mit zweckloser Polemik befassen sollte.

»Ich glaube, wir werden bald viele Freunde haben. Die gequälte mystische Impotenz und die Journalistensprache, die verwaschenen Abhandlungen über Seelenprobleme werden dem Volk ungenießbar werden, wenn es gesunde Kost findet«, schrieb der ehemalige Rechtsanwalt euphorisch an den Mitbegründer Hermann Hesse.

Wenige Jahre nach dem Ende des Ersten Weltkrieges starb

in Rottach am Tegernsee der große Entdecker, der herausgefunden hatte, dass frische Landeier nicht nur zum erfolgreichen Gelingen eines leckeren lockeren Rosinengugelhupfes beitragen, sondern sich auch hervorragend als farbenfrohes Mittel zum Stören der öffentlichen Ordnung eignen können.

Wie heißt dieser berühmte bayerische Lausbub?

60

Die »Behütete«

Sie war eine hochsensible, stets elegant gekleidete Literatin. Und sie hatte eine große Schwäche, die unübersehbar war: Hüte. Diese modischen Kreationen waren ausladend wie Wagenräder, kühn geschwungen wie seetüchtige Wikingerschiffe oder kraus wie Blumenkohlköpfe. Ihre bizarr geformten Kopfbedeckungen würden selbst heute noch bei den Pferderennen im mondänen Iffezheim bei Baden-Baden den Neid vieler ihrer weniger phantasiebegabten Genossinnen erwecken. Aber unter den extravaganten Hüten steckte ein kluger Kopf.

Der in München geborenen binationalen Schriftstellerin – ihre Mutter war eine französische Pianistin – war die Verständigung zwischen Deutschen und Franzosen zeit ihres Lebens ein existenzielles Anliegen. Mal schrieb sie in Französisch, mal in Deutsch, je nachdem, welche innere Nationalität sie gerade antrieb. Sie war eine hochpolitische selbstbewusste Vermittlerin von Kenntnissen über die kulturellen und mentalen Unterschiede der beiden Nationen.

Jahrzehntelang trieb es die Rastlose durch Frankreich, Italien, Deutschland und die Schweiz. 1923 zog die überzeugte Junggesellin nach Badenweiler. Namhafte Schriftsteller, Musiker, Maler und Politiker gaben sich in ihrem Haus die Klinke in die Hand. Um ihre Romane, Erzählungen und

Skizzen wie »Das Exemplar«, »Zarastro. Westliche Tage« und »Were Njedin« rissen sich die Leser. »Daphne Herbst« erfuhr acht Neuauflagen. Ein Erfolg, der fast jeden Schriftsteller vor purem Neid erblassen lässt. In diesem Roman zeichnete sie ein kritisches Gesellschaftsbild der Münchner Oberschicht, die vor Beginn des Ersten Weltkrieges im Sumpf ihrer Vorurteile dahindümpelt. Die junge, sowohl psychisch als auch physisch fragile Daphne Herbst ist der intriganten Missgunst ihrer Umgebung nicht gewachsen. Als sie ihr Ende nahen fühlt, will sie sich nach Meran bringen lassen, da man dort »weltdeutsch« spreche.
Ihr leidenschaftliches Interesse widmete die Literatin den Menschen. Sie wandte sich gegen einen kriegstreiberischen Nationalismus und plädierte für die Anwendung von Vernunft und für eine europäische Völkerverständigung. Nach der Veröffentlichung des Romans »Die Schaukel«, in dem sie sich mit den deutschen Juden solidarisierte, wurde sie massiv angefeindet. Es gab nur einen Ausweg: die Emigration nach Paris. 1934 schrieb sie aus ihrem französischen Exil über ihre Distanz zu Deutschland nach der Machtergreifung durch die Nationalsozialisten:

> *O, ich hätte eine so kategorische Entfremdung von Deutschland nicht für möglich gehalten. Abneigung, Kälte, so gern man die Natur und die Einzelnen hat, mais l'ensemble. – Es war keine schmerzhafte Trennung, aber es ist ein endgültiger Bruch, ein Nichtdazugehören bis ins Tiefste.*

»Mozart. Sein Leben«, »König Ludwig II. von Bayern und Richard Wagner«, »Blätter in den Wind« sind nur einige ihrer Werke, für die sie als Autorin mit einer Unzahl von Auszeichnungen überhäuft wurde, darunter: 1913 der Fon-

tane-Preis, 1951 der Kunstpreis für Literatur der Stadt München und 1955 der Goethe-Preis der Stadt Frankfurt.
Trotz Ihrer Abneigung gegenüber Deutschland während des Nazi-Regimes und ihres Schwures, niemals mehr dorthin zurückzukehren, fand sich die Literatin ab 1949 immer wieder in Badenweiler ein, wo sie ein Haus besaß. Anfang der sechziger Jahre entdeckte sie plötzlich ihre familiären Wurzeln. Sie zog in ihre Heimatstadt München. Mit 97 Lebensjahren erreichte die überragende Schriftstellerin ein fast biblisches Alter.

?

Wie hieß die preisgekrönte Münchner Literatin, die für die Rechte der Menschen eintrat?

36

Der Dichterfürst des 20. Jahrhunderts

Als vor mehr als 2000 Jahren die Römer wie gefräßige Heuschrecken in die Länder nördlich der Alpen einfielen, ersannen sie eine höchst niederträchtige und hinterhältige Strategie, um die blonden Barbaren zu überrumpeln. Sie offerierten den Urvölkern Germaniens Spaghetti Bolognese, köstliche Gnocchi und verführerische Lasagne. Wie heutzutage jedermann weiß, macht jedoch zu viel raffinierte römische Pasta nicht nur lendenlahm, sondern auch kampfunfähig. Und so geschah das Unvermeidliche: Die Römer siegten und marschierten unbekümmert weiter nach Norden. Deshalb sind heute die Überbleibsel römischer Kastelle, Gutshöfe, Thermen und Villen wie leckere Streusel auf einem Hefekuchen über einen großen Teil Deutschlands verteilt. Aber die Nordlichter sannen auf Rache. Heute sind sie es, die jedes Jahr – meist im Sommer – wie Heuschreckenschwärme in den Süden einfallen. Und ein in Lübeck geborener Literat tat dies schon vor mehr als 100 Jahren.
Die ganze Welt lag ihm zu Füßen. Millionen von Lesern feierten den brillanten Schreiber. Sie verschlangen mit Genuss alles, was ihm so leicht von der Feder lief, auch wenn es sich gelegentlich nicht allzu appetitlich anhörte, wie in »Der Tod in Venedig«:

Eine widerliche Schwüle lag in den Gassen; die Luft war so dick, dass die Gerüche, die aus Wohnungen, Läden, Garküchen quollen, Öldunst, Wolken von Parfum und viele andere in Schwaden standen, ohne sich zu zerstreuen.

Es war während eines Besuchs in der Lagunenstadt im Jahre 1911, als ein wunderschöner Knabe den großen Meister zu dieser homoerotischen Novelle anregte, mit dem jungen anmutigen Tadzio als Objekt der Begierde.
»Der Zauberberg« und unzählige weitere Werke verhalfen nicht nur Buchhändlern zu glänzenden Augen, sondern faszinierten auch die Jury des Nobelpreiskomitees. 1929 erhielt der Schriftsteller den begehrten Nobelpreis für Literatur. Und das verdankte er nicht zuletzt dem sonnigen Süden. Die zu einer mediterranen Sinfonie verdichteten fremdartigen Geräusche und Gerüche waren schon um die Jahrhundertwende Hebamme gewesen für seine Aufsehen erregende Beschreibung des Aufstiegs und Falls einer reichen hanseatischen Familiendynastie. Hätten doch die dekadenten Buddenbrooks auf ihren Seniorchef und sein Leitmotiv gehört: *Mein Sohn, sei mit Lust bei den Geschäften bei Tage, aber mache nur solche, dass du bei Nacht ruhig schlafen kannst*. Aber dann wäre dieser Bestseller niemals geschrieben worden.
Privat war der viele Jahre in München wohnende Verfasser ein großzügiger Mann. Großzügig überließ er die emotionale Zuwendung zu seinen sechs Kindern, deren Erziehung und das Regeln häuslicher Angelegenheiten seiner Ehefrau Katia Pringsheim. Ihre Gatte vererbte seinen Kindern zwar das »Schreibgen« nicht jedoch seine eher robuste Psyche. Sein Sohn Klaus, der die literarische Begabung am erfolgreichsten umsetzen konnte, wählte den Freitod, ebenso wie sein Bruder Michael. Nachdem dieser aus dem Tagebuch

seines Vaters erfahren hatte, dass er eigentlich hätte abgetrieben werden sollen, war für den jüngsten Sohn des Laureaten eine Welt zusammengebrochen.
Die Machtergreifung Hitlers war der Anlass für die Emigration erst in die Schweiz und dann in die Vereinigten Staaten. Nach Kriegsende kehrte der Lübecker wieder nach Europa zurück. Sein Lebensende verbrachte der sich stets mit einem Hauch der Unnahbarkeit umgebende Weltbürger in der neutralen Alpenrepublik. Und in Kilchberg bei Zürich vollendete er auch sein letztes Werk, »Die Bekenntnisse des Hochstaplers Felix Krull«. Es basiert auf den Memoiren des rumänischen Hochstaplers G. Manolescu.

?

Welche außergewöhnliche Schriftstellerpersönlichkeit ließ sich in Italien zu ihren bekanntesten Werken inspirieren?

38

Der Schöngeist

Lebensläufe in Form von Memoiren zu schreiben, die ohnehin keiner liest, ist ein Kinderspiel. Aber ein Curriculum Vitae mit exakt 72 Wörtern abzufassen und darin das pralle Leben hineinzupacken, ohne das Wichtigste auszulassen oder etwas aufzubauschen, dazu braucht es ein kluges Köpfchen:

Imaginärer Lebenslauf
Erst eine Kindheit, grenzenlos und ohne Verzicht und Ziel.
O unbewusste Lust.
Auf einmal Schrecken, Schranke, Schule, Frohne und Absturz in Versuchung und Verlust.
Trotz. Der Gebogene wird selber Bieger und rächt an anderen, dass er erlag.
Geliebt, gefürchtet, Retter, Ringer, Sieger und Überwinder, Schlag auf Schlag …
Und dann allein im Weiten, Leichten, Kalten …
Doch tief in der errichteten Gestalt ein Atemholen nach dem Ersten, Alten …
Da stürzte Gott aus seinem Hinterhalt.

Die Kindheit des in Prag geborenen klugen Literaten war geprägt durch zwei traumatische Lebensphasen. Seine Mutter erzog ihn, als ob er ein Mädchen wäre, steckte ihn in Mädchenkleider und verpasste ihm eine Mädchenfrisur. Er hasste diese Rolle. Nach der Trennung der Eltern im Jahr 1884 wurde er in eine Militärschule geschickt. Er hasste auch diese Knechtung. Unter dem Internatszwang brach er mehrfach psychisch und physisch zusammen. Es folgten der Besuch der Handelsakademie in Linz, Studentenjahre in Prag, München und Berlin. Aber einen Universitätsabschluss brachte der junge Dichter weder in Philosophie, deutscher Literatur noch Rechtswissenschaften zustande, da er sich lieber in Museen, Theatern und Ausstellungen herumtrieb als in unbequemen Vorlesungssälen.

Seine schöngeistige Begabung zeigte sich schon im zarten Alter von 16 Jahren, als er die ersten, noch unvollkommenen Gedichte zu Papier brachte. Er war ein ruheloser Geist und unfähig, einengende Bindungen zu ertragen. Fesseln duldete er nicht. Schon nach wenigen Monaten Ehe hatte sein Freiheitsdrang gesiegt. Fluchtartig verließ er seine Frau und seine Tochter, mit denen er in Worpswede versucht hatte, ein bürgerliches Leben zu führen.

In Paris schloss er Freundschaft mit dem großen Bildhauer Auguste Rodin, für den er einige Jahre als Sekretär arbeitete. Inhaltlich kreisten seine Werke stets um die anbetende Hingabe an Gott und die Natur, um die Existenzanalyse des modernen Menschen und um eine melancholische Lebens- und Todesbejahung. In unzähligen Todesanzeigen erteilen trauernde Hinterbliebene dem Prager Dichter das Wort. Mit unerschöpflichem Einfühlungsvermögen steckt er ihre Verzweiflung, ihren Schmerz und das Sich-drein-schicken in eine tröstliche Verpackung. Während der letzten Jahre seines Lebens, die er in Valmont bei Montreux verbrachte, schrieb er fast ausschließlich Gedichte in französischer Sprache.

Seine bedeutendsten Œuvres sind sicherlich »Das Stunden-Buch«, die 1907 veröffentlichten »Neue Gedichte«, »Die Duineser Elegien« und die »Sonette an Orpheus«. Und diese Verse kennen Sie vermutlich noch aus dem Schulunterricht:

Es treibt der Wind im Winterwalde die Flockenherde wie ein Hirt, und manche Tanne ahnt …

Höchst spießig, diese Zeilen unterm Weihnachtsbaum zu rezitieren. Ein heißer Geheimtipp: Sagen Sie es auf – ohne dabei hängen zu bleiben – bei 35 Grad im Schatten. Möglicherweise sind Ihre Nachbarn leicht irritiert, aber der Effekt ist grandios. Das Gedicht wirkt wie eine mentale Klimaanlage. Während Ihre Zeitgenossen stöhnend transpirieren und literweise Eau de Cologne versprühen, spüren Sie voller Wohlbehagen die angenehme Kühle tanzender Schneeflocken auf Ihrer Stirn und Nasenspitze.
Ob dem späteren Wahlfranzosen dieses beschauliche Weihnachtsgedicht wohl während eines Spaziergangs in einer lauen Sommernacht oder beim Stapfen durch einen tief verschneiten Winterwald eingefallen ist?

?

Wie heißt der Dichter, der es hasste, eingesperrt zu werden?

44

Die männliche Version von Mutter Teresa

Weißes volles Kopfhaar, ein üppiger, ebenso weißer Schnauzbart und gütige, etwas skeptisch dreinblickende Augen waren sein Markenzeichen. Seine widerspenstige Mähne ähnelte einem dichten Urwald. Und dort war der in Kaisersburg im Elsass geborene Bücherwurm für mehrere Jahrzehnte zu Hause, um für die Ärmsten der Armen ein Hospital zu errichten. Lambarene.

Fernab der Zivilisation widmete sich der ehemalige Student der Theologie, Musik und Medizin mit großer Demut dem Dienst am Nächsten. Verheiratet mit der Tochter eines Straßburger Historikers, die schon immer große Angst vor Schlangen, Spinnen und »schwarzen Menschen« gehabt hatte, mutete er ihr genau diese Schrecknisse zu. Die Liebe zu ihrem Mann und der humanitäre Auftrag ließen sie viele Jahre ein Leben unter primitivsten Bedingungen ertragen. Ihr Gatte war die männliche Version von Mutter Teresa. Dass allerdings die Wohltäterin der Menschheit den großen Komponisten Bach ebenso exzellent auf der Orgel interpretierte wie er, ist eher unwahrscheinlich.

Die ganze Welt bewunderte seine aus tiefster Überzeugung gelebte Nächstenliebe, für die er 1952 den Friedensnobelpreis erhielt. Den Kampf gegen die Armut konnte er tatkräftig mit beiden Händen aufnehmen, den Kampf gegen eine weltweite atomare Aufrüstung dagegen nur mit seiner Feder und seiner Stimme. Und die erhob er auch bei der Nobelpreisträgertagung 1954. Am Bahnhof entstieg einem Waggon der dritten Klasse der frisch gebackene Friedensnobelpreisträger, Philosoph, Humanist, Schriftsteller und Organist in einer Person. Auf die Frage eines wissbegierigen Reporters, warum er denn dritte Klasse fahre, antwortete der Autor einer ganzen Anzahl Bücher theologischen und philosophischen Inhalts bescheiden und ohne zu zögern: »Weil es keine vierte gibt!«

Wie schmerzlich muss der Großonkel von Jean-Paul Sartre die Völlerei und Genusssucht in Europa empfunden haben. Im Norden Hummer, Kaviar und voll gefressene Wänste, in Afrika getrocknete Heuschrecken, durch Lepra verstümmelte Gliedmaßen und aufgeblähte Hungerbäuche.

Eine tief empfundene Frömmigkeit hat den anerkannten Bach-Experten den Spagat zwischen den Kulturen meistern lassen. Er war ein Mann, den Gewissensbisse plagten, wenn er unter dem Mikroskop sich freudig und rastlos vermehrende Cholera-Bakterien betrachtete, denen er kurz darauf mit Penicillin den Todesstoß versetzen würde. Ein Mann, der für sein literarisches Werk den Goethe-Preis und den Friedenspreis des Deutschen Buchhandels entgegennehmen konnte.

Ein Satz aus seinem Werk »Die Ehrfurcht vor dem Leben« ist so weise, so voller Tiefe und Aussagekraft, dass ein Buch, in dem nur diese wenigen Worte stehen würden, eine ganze Bibliothek ersetzen könnte.

Es ist die Weltformel für ökologisches Denken und Handeln schlechthin, die der Friedensnobelpreisträger postuliert hat:

Ich bin Leben, das leben will,
inmitten von Leben, das leben will.

Wie heißt dieser Gutmensch, Bach-Experte, Tropenarzt und Schriftsteller in Personalunion?

55

Der Mann, der weise wurde

Sehnen Sie sich nach den höchsten Weihen der schreibenden Zunft, dem Nobelpreis für Literatur? Nichts einfacher als das: Sie müssen sich nur im zarten Alter von 14 Jahren eine Pistole kaufen, mit der Absicht, diese an die eigene Schläfe zu setzen und sich die erstbeste Kugel durch den Kopf zu jagen. Weiter sollten Sie eine natürliche Abscheu gegenüber autoritären Lehrern und übereifrigen Professoren pflegen, grundsätzlich aus jedem Internat ausbüxen und sich standhaft weigern, so überflüssigen Krimskrams wie ein Abitur abzulegen. Sie sollten dem abgrundtiefen Hass gegenüber Ihrem Vater dadurch Ausdruck verleihen, dass Sie ihn in Briefen grundsätzlich mit »Sehr geehrter Herr« anreden und ihn natürlich siezen.
Ihre ketzerische Ansicht, dass Christus der erste Sozialdemokrat gewesen sei, der sich der Sorgen und Nöte der Armen angenommen habe, befördert Sie zwar nicht automatisch auf den Scheiterhaufen, verärgert jedoch eine große Anzahl von Pietisten in Ihrer Umgebung – wenn Sie aus Schwaben kommen. Als 24-Jähriger und nach einer Buchhändlerlehre etwas gereifter in weltanschaulichen Dingen, liegen für Sie die Prioritäten fest: Bücher, Wein und Weiber. Beachten Sie die Reihenfolge! Auf gar keinen Fall die Positionen vertauschen!

Wandern sollte für Sie nicht nur des Müllers Lust, sondern auch Ihre eigene sein, wobei Sie bei waghalsigen Kletterpartien durchaus nackt wie Gott Sie schuf und selbstverständlich barfuß über dem jähen Abgrund hängen. Wenn Sie dann noch Mitherausgeber einer bissigen Satire-Zeitschrift werden wie dem »März«, bei der Erziehung Ihrer Kinder Freiheit und Humor an die erste Stelle setzen und nicht saftige Ohrfeigen oder ständigen Tadel, dann kommen Sie Ihrem Traumziel in großen Schritten näher. Sollten Sie sich überdies bis an Ihr Lebensende mit so ungesunden Objekten wie Zigarren und Zigaretten entspannen wollen, dann gibt es schon beinahe grünes Licht für den Nobelpreis. Eine winzige Kleinigkeit fehlt allerdings noch. Nach längerem Anstarren einer noch jungfräulichen Seite sollten Ihnen so großartige Werke wie »Das Glasperlenspiel«, »Der Steppenwolf« und »Siddharta« einfallen, die sich millionenfach und auch obendrein weltweit verkaufen und die Kassen der Buchhändler pausenlos klingeln lassen.

Einmal hat der vorgestellte Plan immerhin ausgezeichnet funktioniert und tatsächlich 1946 zur Verleihung des Nobelpreises für Literatur geführt. Der Gekrönte war so ganz nebenbei noch ein talentierter Maler. Kreidestift und Farbpinsel haben jedoch für den in Calw geborenen Künstler nur eine untergeordnete Rolle gespielt und dienten allein seiner Entspannung. Er war Vollblutliterat. Nicht der Rebell, sondern der Suchende, der Zweifler und der zuletzt demütig Annehmende, der greifbar wird in:

Welkes Blatt
Jede Blüte will zur Frucht, jeder Morgen Abend werden,
Ewiges ist nicht auf Erden, als der Wandel, als die Flucht.

Auch der schönste Sommer will einmal Herbst und Welke spüren.
Halte, Blatt, geduldig still, wenn der Wind dich will entführen.
Spiel dein Spiel und wehr dich nicht, lass es still geschehen.
Lass vom Winde, der dich bricht, dich nach Hause wehen.

Der Sturmwind des Lebens wehte den Calwer Dichter schon 1912 ins schweizerische Exil. Fast 40 Jahre seines Lebens verbrachte er in Montagnola im Tessin, bevor er seine letzte abenteuerliche Reise antrat.

?

Wer ist dieser Weise?

25

Der Psychiater

Haben Sie schon mal jemanden erstochen? Am einfachsten gelingt es, dieses Vorhaben erfolgreich in die Tat umzusetzen, mit einem frisch geschärften Schlachtermesser. Eine der elegantesten Methoden dagegen ist nach wie vor ein Spazierstöckchen zu verwenden. Sollten Sie noch etwas hilflos an dieser filigranen Mordwaffe herumfingern und sich ratlos fragen, wie damit wohl ein Leben ins Jenseits befördert werden könnte, dann lesen Sie unverzüglich die subtile Gebrauchsanweisung in »Die Ermordung einer Butterblume«.

Mit dieser 1913 erschienenen Erzählung begann die schier unglaubliche Karriere des in Stettin geborenen Literaten. Während seiner mehr als 20 Jahre dauernden Tätigkeit als Kassenarzt für Nervenkrankheiten in Berlin hatte er reichlich Gelegenheit, in die Abgründe menschlicher Seelenbefindlichkeiten zu schauen. Der Vater von vier Söhnen zählte zu den führenden Vertretern der expressionistischen Literatur. Mit Kleist und Hölderlin verband ihn eine enge Seelenverwandtschaft, die er einprägsam formulierte: »Ich stand mit ihnen gegen das Ruhende, das Bürgerliche, Gesättigte und Mäßige.« Der leidenschaftliche Humanist schrieb nicht nur für die expressionistische Zeitschrift »Der Sturm«, sondern auch als Theaterkorrespondent für das »Prager Tagblatt«.

Nach der Machtergreifung Hitlers emigrierte der später zum Katholizismus konvertierte Jude nach Frankreich und nahm die französische Staatsbürgerschaft an. Von dort gelang ihm rechtzeitig die Flucht über Spanien in die Vereinigten Staaten. Nach Kriegsende kehrte er als Literaturinspekteur der französischen Militärregierung nach Deutschland zurück.

Der ganz große Wurf gelang dem schreibenden Psychiater mit einer sozialkritischen Milieustudie aus dem Berlin der 1920er Jahre. Mehrfach verfilmt, das letzte Mal von Rainer Werner Fassbinder, zeichnet sich dieser Roman durch sein naturalistisches Sezieren der ärmlichen Proletarierviertel im östlichen Teil Berlins aus. Hier herrschen die ungeschriebenen menschenverachtenden Gesetze der Unterwelt. Der Autor kannte die haarsträubenden, verkorksten Lebensläufe der Mörder und Gauner, der Huren und Zuhälter, der Diebe und Hehler aus seiner langjährigen psychiatrischen Praxis. Der Mensch mit seinen triebhaften Instinkten zeigt sich mal als Bestie, mal als Heiliger. Und irgendwo zwischen diesen Polaritäten bewegen sich seine schillernden Figuren. Mit dem harmlosen Köpfen hübscher Butterblumen geben sie sich nicht ab:

Franz Biberkopf, ein jähzorniger Zement- und Transportarbeiter, wird aus der vierjährigen Haft entlassen, die ihm für den Mord an seiner Geliebten aufgebrummt worden war. Er hat die feste Absicht, von nun an ein rechtschaffenes Leben zu führen. Aber alles scheint sich gegen ihn verschworen zu haben. Erneut landet er in der Gosse. Es kommt noch dicker. Mieze, eine ihm wohl gesonnene Hure, wird von einem Kumpan erdrosselt. Biberkopf landet in der Irrenanstalt. Aber dort erfährt er eine Wandlung. Wunder geschehen immer wieder. Wenn auch meist nur in Romanen. Seine unerwartete Resozialisierung endet mit einer Stelle als Hilfsportier in einer Fabrik. Der Verfasser von »Berlin Alexanderplatz« lässt den beutelnden und gebeutelten Proleten Biberkopf lernen, dass es sich lohnt, gegen widrige Umstände, genannt Schicksal, anzukämpfen:

> *Die Luft kann hageln und regnen, dagegen kann man sich nicht wehren, aber gegen vieles andere kann man sich wehren. Da werde ich nicht mehr schrein wie früher: das Schicksal, das Schicksal. Das muss man nicht als Schicksal verehren, man muss es ansehen, anfassen und zerstören.*

?

Wie heißt dieser Stettiner Neurologe und Schriftsteller?

9

Der Dichter, der über die Leute spottete

Liebe Leserinnen, stellen Sie sich vor, Sie schreiten – so majestätisch wie einst Liz Taylor als Königin Cleopatra – die Treppe der Semper-Oper in Dresden hinunter. Ihre Bewegungen sind selbstsicher, geschmeidig und graziös. Da passiert es. Nur ein flüchtiges, harmloses Kitzeln an Ihren Beinen entlang. Sie bleiben abrupt stehen und starren auf die Treppenstufe. Dort stehen wie angenagelt Ihre hübschen schlanken Füße, die in schwarzen hochhackigen Riemchensandaletten stecken. Sie werden duftig umwölkt von Ihrem neuen hellblauen Spitzenunterhöschen. Ihr panikerfüllter Blick schweift an den Fuß der Treppe, in der Hoffnung auf eine Erdspalte, die Sie gnädig verschlingen könnte. Aber auf dem hermetisch versiegelten Fußboden stehen nur Dutzende, ach was, Hunderte von schadenfroh grinsenden, abscheulichen Zeitgenossen.
Sie können aufatmen. Dieser Albtraum ist nicht Ihnen passiert, sondern Frau Louise Maske in dem Lustspiel »Die Hose«. Sie verliert in wilhelminischer Zeit in aller Öffentlichkeit ihre Unterhose und beschwört damit eine handfeste Ehekrise herauf. Die 1911 veröffentlichte Komödie endet mit der genervten Empfehlung des aufgeblasenen Macho-Gatten Theobald Maske:

»Sieh doch mal zu, Luise, wie man heute eine Art Druckknopf verwendet. Mit diesen Knöpfen hätte die vermaledeite Geschichte auf der Straße, die uns so viel Verdrießlichkeiten brachte, nicht passieren können. Bei deiner notorischen Liederlichkeit bewahrt uns eine Ausgabe von wenigen Groschen vielleicht vor großem Schaden.«

Der geistige Vater des spießigen Theobald Maske, Spross einer jüdischen Bankiersfamilie in Leipzig, nahm leidenschaftlich die kleinbürgerliche Existenz aufs Korn. »Aus dem bürgerlichen Heldenleben« betitelte er ab 1908 seine Dramen und Komödien wie »Die Kassette« und »Bürger Schippel«, es folgten »Der Snob« und »Das Fossil«. Mit dem Fontane-Preis ausgezeichnet, dürfte der Literat in jüngeren Jahren seine Eltern an den Rand der Verzweiflung gebracht haben, denn er studierte Jura und Literaturwissenschaften in München, Heidelberg, Göttingen, Leipzig, Berlin und in Freiburg – ohne jeglichen Universitätsabschluss.
Nach einer kreativen Schaffensperiode in Weimar und München zog der Leipziger mittlerweile mit Kind und Kegel, zwei echten van Goghs und einer umfangreichen Bibliothek in die beschauliche Ruhe der Nordschweiz. Aber als Meister der ironischen Zurschaustellung von der Störung bürgerlich-alltäglicher Ordnung ließ er selbst im persönlichen Alltag gelegentlich das spöttische Augenzwinkern vermissen. Auf sein Drängen hin und dank eines Vertrages mit seiner Wahlgemeinde Uttwil wurde es den triebhaften Hühnern des kleinen Fischerdorfes untersagt, jedes lustvoll gelegte Ei mit einem freudigen Gackern zu begrüßen. Da Hühner, weder heute noch damals, Verträge lesen können, die ihre vom lieben Gott zugesagten Grundrechte beschneiden sollen, verbannte man in der folgenden Zeit das unein-

sichtige Geflügel einfach aus der unmittelbaren Nachbarschaft des nervenschwachen Schriftstellers. Kein animalisches Gegacker konnte von nun an schlummernde Inspirationen an ihrer Entfaltung hindern.

Welcher Dichter nahm den Bürger Schippel auf die Schippe?

57

Der Glückssucher

Wie wird man glücklich? Eigentlich ganz einfach. Man muss sich nur von Papa und Mama zweckmäßige »Ich-fühl-mich-gut-Gene« ins Erbgut packen lassen. Mit dieser Glückskäfer-Ausstattung lässt sich nicht nur schäbiges Mobben durch Arbeitskollegen leichter ertragen, sondern auch die erfolglose Suche nach einem Traumpartner und der unerwartete Kursabsturz von teuer eingekauften Automobilaktien.

Einem im schweizerischen Biel geborenen Schriftsteller wurden die »Strahlemann-Gene« nicht in die Wiege gelegt. Seine Werke wurden zwar von Hermann Hesse, Kurt Tucholsky und Franz Kafka hoch geschätzt, nicht jedoch von einer breiten Leserschaft. Der Riesenerfolg auf dem Buchmarkt für seine Erzählungen wie »Der Gehülfe«, »Geschwister Tanner«, Jacob von Gunten«, »Poetenleben« und »Der Spaziergang« blieb aus. Auch seine höchst rätselhaften Manuskripte, welche er in einer kaum entzifferbaren Miniaturschrift, als so genannte Mikrogramme verfasst hatte, interessierten niemand. In mühevoller Sisyphosarbeit gelang es erst vor kurzem zwei Spezialisten, die mit einer extrem verkleinerten und verdichteten Bleistiftschrift bedeckten 526 Blätter zu entschlüsseln und sie in Buchform unter dem Titel »Aus dem Bleistiftgebiet« vorzulegen.

Die Prosastücke des Schweizers enthalten viele autobiografische Elemente. Sie bestechen durch ihre Verträumtheit, Verspieltheit, ja Weltentrücktheit. Und exakt diese faszinierende Eigenschaft seiner Texte wurde ihm, dem Träumer, zum Verhängnis.
Der als Bankkaufmann ausgebildete sensible Mann versuchte sich zunächst als Schauspieler in Stuttgart. Rauschender Beifall? Fehlanzeige. Also musste er sich weiterhin als Bankangestellter und Bibliothekar über Wasser halten. In seiner freien Zeit tat er das, wozu ihn alle Fasern seines Herzens trieben: schreiben. Nachdem ihm die ersehnte Anerkennung versagt blieb, stellte sich mehr und mehr das bittere Gefühl des Versagens ein. Das traumatische Empfinden, eine komplette Null zu sein, fraß sich in seine zerbrechliche Seele hinein wie Rost in ein altes Eisenstück. Er litt. Er litt unsagbar. Er litt so sehr, dass sein Schmerz unmerklich in eine Psychose überglitt.
Der bodenlos erfolglose Schriftsteller (dieser abwertende Ausdruck stammt von ihm selbst) war erst 51 Jahre alt, als er in eine psychiatrische Heilanstalt aufgenommen wurde. Die Tinte für seine Schreibfeder vertrocknete. Wechselnde psychiatrische Institutionen in der Nordschweiz wurden in den folgenden 27 Jahren seine Heimat. Von der Anstalt Herisau aus unternahm der pathologische Selbstzweifler ausgedehnte Streifzüge über die blühenden Wiesen und schroffen Felsabhänge des Appenzeller Landes bis hinunter zum See, um dort zu schwimmen und sich eins zu fühlen mit dem Naturelement Wasser. Seine unendlich tiefe, geradezu schwärmerische Verbundenheit zur Natur begeistert heute noch empfindsame Seelen (aus der Erzählung »Leben eines Malers«):

Er zog in die Berge, wo er sich für eine Zeitlang in eine Bauernstube einnistete. Entzückend war das entlegene Bergdorf auf einsamer freier Höhe. In den Bergen ist es wundervoll, wie dann und wann noch im Frühling dichter Schnee niederfällt, wodurch alles in Weltentrücktheit verwandelt wird.

Es war die Natur, der sich der verkannte Autor zugehörig fühlte, nicht die Menschen. Mit jenen schablonenhaften Zeitgenossen, die sich an eitlen Äußerlichkeiten, Ruhm und Erfolg ergötzten, hatte er nichts gemein. An Weihnachten, im Jahr 1956, kehrte der Ausgegrenzte von einer langen einsamen Wanderung durch die idyllisch verschneite Winterlandschaft der Appenzeller Berge nicht mehr zurück. Vielleicht ist es dem stets Verkannten im schwerelosen Jenseits ein kleiner Trost, dass heute eine regelrechte Renaissance seiner Werke eingesetzt hat.

?

Wie hieß der Schweizer Schriftsteller, der am Leben zerbrach?

63

Der Dichter, der auszog, um uns das Fürchten zu lehren

Dichte undurchdringliche Nebelschwaden liegen tief über dem Fluss. Orientierungslos stolpern Sie durch die weit herunterhängenden Zweige der Trauerweiden am Ufer. Plötzlich stockt Ihnen der Atem. Was Sie erblicken, lässt Ihnen das Blut in den Adern gefrieren: Es sind die 1000 Augen des Dr. Mabuse …

Die Idee zu dem dämonischen Übermenschen kam seinem Schöpfer rein zufällig bei einer Schifffahrt über den Bodensee. Im trüben Dämmerlicht war ihm ein herablassend und hochmütig wirkender Passagier aufgefallen, der sich von den leutselig schwatzenden anderen Fahrgästen abgesondert hatte und in arroganter Haltung an der Reling lehnte. Das war die Geburtsstunde des Psychopathen Mabuse, den es gelüstete, die Weltherrschaft an sich zu reißen. Für die Namensgebung seines Killers ließ er sich durch »Mabuse«, einen Landschaftsnamen im Flämischen, inspirieren, dessen Klang bei ihm mystische Assoziationen hervorrief. Hier ein kleiner Auszug aus dem Thriller »Dr. Mabuse, der Spieler«, der nach seinem Erscheinen im Jahr 1921 sofort zum Bestseller wurde:

Wenk überkletterte wieder vorsichtig den Hag, der zwischen ihm und Mabuses Garten war, kroch auf allen vieren über den Rasen zum Weg, den er mit dem Mehl bestreut hatte, und beleuchtete eilig mit einer kleinen elektrischen Taschenlaterne den Boden. Da sah er, dass die Sohlenabdrücke von allen drei Personen von genau denselben Schuhen herrührten.
Also, der zuerst herausgekommen war, der Soldat und die Dame waren ein und derselbe Mensch. Und gestern und vorgestern, ging es Wenk auf, der Kaminfeger, der Mann mit dem Paket – alle dieselbe Person und alle – Dr. Mabuse.

Sein in Luxemburg-Eich geborener Erfinder war ein unsteter Geist – in jeglicher Hinsicht: Sowohl was seine Ehefrauen anbetraf als auch seine Wohnorte. Wobei er die Gattinnen nicht ganz so häufig wechselte wie sein Zuhause. Der Schriftsteller lebte jahrzehntelang abwechselnd am Bodensee und in Hamburg. Von der Hansestadt aus schipperte er als Bordschreiber der Hamburg-Amerika-Linie nach Afrika, Australien und Asien.
Schon kurz nach seinem Abitur veröffentlichte er seine ersten Gedichte. Aber für einen, der ausziehen wollte, die Welt das Gruseln zu lehren, war das nur Anfangskram. Daraufhin studierte er Jura in Bonn. Irgendwann dämmerte es ihm jedoch, dass ihn die trockenen Gesetzesparagraphen tödlich langweilten, obwohl auch in Gerichtssälen den Zuhörern gelegentlich die Haare zu Berge stehen. Deshalb fing er bald an, Romane zu schreiben. Diese wiederum, allen voran die Gruselthriller, wurden so erfolgreich, dass sich nur wenige Jahre nach Erscheinen große Regisseure darum rissen, sie zu verfilmen. Allen voran Fritz Lang. Der große ame-

rikanische Filmregisseur legte mit den zwei Mabuse-Stummfilmen, die er kurz nach dem Erscheinen des Romans drehte, den Grundstock für seine internationalen Erfolge in der Zelluloid-Branche. Nachdem der Tonfilm erfunden war, präsentierte er einen weiteren Gruselschocker. »Das Testament des Dr. Mabuse«, in dem der berüchtigte Gangster nach Herzenslust morden durfte. Die Nationalsozialisten verboten die Uraufführung dieses Films, sodass diese in Wien stattfinden muss.
Obwohl die Werke des Krimiautors in Deutschland verpönt sind, zieht er es vor, nicht zu emigrieren. Seine Frau und seine Töchter jedoch verlassen Nazi-Deutschland. Aber Einsamkeit ist kein Thema für den Luxemburger. Er heiratet erneut. Die Kriegsjahre verbringt er in einem kleinen Ort bei Lindau. Die Hand voll Einwohner dieses Dorfes bestellen ihn sogar zu ihrem Bürgermeister. Nach Kriegsende wird er von der französischen Militärregierung verhaftet und nach Luxemburg abgeschoben. Nur wenig später wird er von dort wieder nach Deutschland ausgewiesen.
Auf einem feuchtfröhlichen Weinfest in Koblenz ereilte den Krimiautor, der Millionen von Fernsehzuschauern und Lesern kalte Schauer den Rücken hinunterjagte, ein tödlicher Herzinfarkt. Ein wahrhaft stilvoller Abgang für den Lebensgenießer. Den meisten seiner schillernden Romanfiguren war dieser Exitus ohne jegliche Fremdeinwirkung verwehrt.

?

Welcher Schriftsteller ist ein Garant für kribbelnde Gänsehaut?

29

Der Reisende

Haben Sie sich schon einmal mit einer Rohrzange unter einem tropfenden Wasserhahn gekrümmt und mit dem ungewohnten Werkzeug verzweifelt an einem porösen Dichtring gerüttelt? Wenn Sie das am Ende dieses Rätseltextes erwähnte Werk eines vielseitigen Literaten aus Österreich gelesen haben, werden sie umgehend einen Schnellkurs bei Ihrem Installateur absolvieren, um für derartige unerquickliche Situationen gewappnet zu sein. Aber zuvor erfahren Sie etwas über subtile Formen des Mitleids:

> *Es gibt eben zweierlei Mitleid. Das eine, das schwachmütige und sentimentale, das eigentlich nur Ungeduld des Herzens ist, sich möglichst schnell freizumachen von der peinlichen Ergriffenheit vor einem fremden Unglück, jenes Mitleid, das gar nicht Mitleiden ist, sondern nur instinktive Abwehr des fremden Leidens von der eigenen Seele. Und das andere, das einzig zählt – das unsentimentale, aber schöpferische Mitleid, das weiß, was es will, und entschlossen ist, geduldig und mitduldend alles durchzustehen bis zum Letzten seiner Kraft und noch über dies Letzte hinaus …*

Diese Zeilen schrieb der in Wien geborene Autor als Vorwort zu seinem Buch »Ungeduld des Herzens«. Darin gerät der

junge Leutnant Hofmiller, der im Sommer 1914 in einer ungarischen Kleinstadt stationiert ist, in die unbequeme Situation des Mitleidens. Die leidenschaftliche Liebe, die ihm die gelähmte Edith entgegenbringt, erwidert er nur halben Herzens, aber das Hochgefühl über ihre Zuneigung und die Bitten des Vaters verleiten ihn am Ende, sich mit dem Mädchen zu verloben. Die Bewährungsprobe ereilt ihn in Form des tuschelnden Geredes der Kameraden, in deren Augen er eine verkrüppelte Jüdin nur um ihres Geldes willen heiraten will. Diese Schmach verführt ihn dazu, seine Verlobung öffentlich abzuleugnen. Seine gelähmte Verlobte erfährt von diesem feigen Verhalten und stürzt sich voller Kummer in den Tod.
Der Verfasser jenes fesselnden Romans und unzähliger weiterer Werke veröffentlichte schon als Student der Philosophie und Literaturwissenschaften seinen ersten Gedichtband: »Silberne Saiten«. Als Übersetzer Verlaines und Baudelaires war er zu Beginn seiner Karriere mindestens genauso erfolgreich wie als Schriftsteller.
Zu Beginn des Ersten Weltkrieges hatte sich der nicht-religöse Wiener Jude – er sah sich stets als Jude aus Zufall – freiwillig zum Kriegsdienst gemeldet. Die entsetzlichen Gräuel, über die er als Korrespondent berichten musste, ließen ihn schnell zum erklärten Kriegsgegner werden. Er ließ sich beurlauben und zog nach Zürich, um aus der neutralen Schweiz für die Wiener »Neue Freie Presse« zu schreiben. Nach Kriegsende ließ er sich in Salzburg nieder und heiratete Friderike von Winternitz. Die 1920er Jahre begannen mit einer ungeheuren literarischen Produktivität. Nicht nur die Romane »Verwirrung der Gefühle« und »Sternstunden der Menschheit« entstanden während dieser Zeit, sondern auch Essays über Hölderlin, Kleist und Nietzsche sowie eine Biografie über den französischen Schriftsteller Romain Rolland.

Als junger Mann hatten ihn ferne geheimnisvolle Länder angezogen wie die Motten das Licht. Kaum einer seiner Autorenkollegen hatte vor 100 Jahren so viele Länder bereist wie er: Kanada, Kuba, Puerto Rico und Burma waren nur einige seiner Traumziele.
Die frühere Reiselust des Schriftstellers verwandelte sich nach der Machtergreifung der Nationalsozialisten in einen fatalen Reisezwang. Nach einer Hausdurchsuchung durch die Polizei verkaufte er bald darauf sein Haus in Salzburg und verließ Deutschland. Nur die Emigration konnte ihn vor den Nazischergen retten. Die ersten Jahre verbrachte er in London und Bath. Dort heiratete er – nach der Scheidung von Friderike – seine Sekretärin. Trotz eines britischen Passes wurde er zum Ruhelosen. Er war überall und nirgendwo mehr zu Hause. England, Frankreich, USA, Brasilien. 1942 zerbrach der leidenschaftliche Pazifist an den Grausamkeiten des Krieges. Die Trauer über die Zerstörung seiner geistigen Heimat Europa hatte sein Herz gelähmt. Gemeinsam mit seiner Frau, Charlotte Altmann, suchte er aus freiem Willen und mit klaren Sinnen den Freitod, in Petrópolis in Brasilien.
Vorher beendete der Wiener einen seiner berühmtesten Romane: »Schachnovelle«. Ein Meisterwerk! Es wurde verfilmt mit Curd Jürgens. Erinnern Sie sich noch an den Wasserhahn? Nie zuvor wurde ein Klempner mit einer solchen Inbrunst herbeigesehnt wie in diesem Thriller. Er tropft und tropft und hört nicht auf zu tropfen, der verdammte Wasserhahn!

?

Wie heißt der berühmte jüdische Schriftsteller?

66

Der Zauderer

Beabsichtigen Sie, eines der letzten waghalsigen Abenteuer unserer Zeit zu bestehen: den Schritt vor den Traualtar? Wenn Sie sich auf solch unsicheres Terrain begeben wollen, dann sollten Sie im Vorfeld ausgetüftelte Vorsichtsmaßnahmen ergreifen. Erstellen Sie eine Pro- und Kontra-Checkliste zur Bewertung eines solchen Vorhabens: Ertrage ich es für den Rest meines Lebens, jeden Morgen neben dem gleichen verschlafenen muffeligen Gesicht aufzuwachen? Ertrage ich es fortan, dass mein Ehepartner die Zahnpastatube niemals – auch nicht nach inständigem Flehen oder Drohen – zuschraubt? Ertrage ich es bis zu meinem letzten Atemzug, die Morgenzeitung erst als Zweiter und dann noch stark zerknautscht, falsch gefaltet und mit Kaffeeflecken besabbert lesen zu dürfen?

Als sich ein in Prag geborener Schriftsteller dieser großen Herausforderung näherte, entwarf er eine solche Pro- und Kontra-Liste. Sie ahnen es schon. Was Sie nicht gewagt haben, dazu hat er sich getraut. Nämlich total ehrliche Antworten zu geben. Und da konnte das Ergebnis nur lauten: Lass die Finger davon! Wenigstens dreimal verlobte sich der Autor. Und jedes Mal, wenn er ratlos das selbst verfasste Orakel befragte, wetterte dieses: Finger weg! Denn seine schmalgliedrigen Finger und natürlich viel Herz und eine

nicht zu knappe Portion Hirn benötigte der promovierte Jurist und Literat zum Schreiben von ungewöhnlichen Büchern.
Sollten Sie sich auf den 1915 mit dem Fontane-Preis ausgezeichneten Literaten einlassen wollen, dann benötigen Sie Nerven wie Drahtseile. Denn es kann Ihnen passieren, dass Sie eines Morgens nicht mehr als junge hübsche Frau Rosenbaum oder grantiger Herr Langhuber aufwachen, sondern – welch ein Graus – als tollpatschig auf dem Rücken liegende unförmige Riesenwanze. Sie strampeln empört mit Ihren ungewohnten sechs Beinen und versuchen vergeblich, sich auf eben diese zu stellen. Nachzulesen in der Erzählung »Die Verwandlung«. Oder es wird Ihnen in einem Gerichtssaal »Der Prozess« gemacht, wobei Sie im Unklaren gelassen werden, warum Sie überhaupt angeklagt sind. Auch beim Lesen der Novellen »Josefine, die Sängerin oder das Volk der Mäuse«, »Ein Hungerkünstler« und »Das Schloss« werden Sie Unbehagen und Frösteln empfinden. Immer wird der Leser auf unmittelbare Weise mit hineingezogen in die Metamorphosen und Zustände der seltsamen Protagonisten der Werke, etwa in »Die Brücke«, welche man als eine subtile Steigerung einer ungeliebten Dehnungsübung erfährt.

Ich war steif und kalt, ich war eine Brücke, über einem Abgrund lag ich. Diesseits waren die Fußspitzen, jenseits die Hände eingebohrt, in bröckelndem Lehm eingebettet. Die Schößе meines Rockes wehten zu meinen Seiten. In der Tiefe lärmte der eisige Forellenbach. (...) So lag ich und wartete.

Der jüdische Literat gilt als Synonym für die Zerbrechlichkeit der Welt, für surreal erscheinende Zusammenhänge und die fehlende Erdung der Gesellschaft. *Es gibt ein Ziel, aber keinen Weg; was wir Weg nennen, ist Zögern. Ich versuche immerfort etwas Nicht-Mitteilbares mitzuteilen, etwas Unerklärliches zu erklären*, beschrieb der häufig unter Depressionen leidende Dichter einmal sein Gefühl des Nicht-Definierbaren und Nicht-Greifbaren. Als paradox, ein Spiegel absurden Daseins, könnte man den Inhalt seiner Werke bezeichnen. Er sah die Menschen als Eisenbahnreisende, die in einem langen Tunnel verunglückt sind. Sie sitzen fest und sehen das Licht des Eingangs nicht mehr, das Licht des Tunnelausgangs nur als winzigen Punkt, der immer wieder verloren geht und neu geortet werden muss. Die Orientierung geht zusehends verloren.

Sein unverwechselbarer Stil wurde so berühmt, dass sein Nachname, in einer Adaption als Adjektiv, weltweit eine literarische Strömung oder eine bizarre Situation beschreibt, die dem Intellekt als unerklärlich, verwirrend und nicht entflechtbar erscheint.

Im Alter von 34 Jahren begann der Schriftsteller mit den melancholischen dunklen Augen zu husten und dabei Blut zu spucken. Er wird mit einer grausamen Diagnose konfrontiert: Tuberkulose bedeutete zu Beginn des vorigen Jahrhunderts ein unabwendbares Siechtum. Nur der liebe Gott hätte hier noch helfen können. Aber der ist nicht in der Stimmung, spektakuläre Wunder zu wirken. Und schon gleich gar nicht bei einem notorischen Existenzialisten. Im letzten Lebensjahr steht dem unheilbar Kranken in Berlin-Steglitz Dora Diamant zur Seite. Wenige Wochen vor seinem Tode übersiedeln beide in ein Sanatorium in Kierling bei Wien. Als letzte ernst zu nehmende Kandidatin für den Traualtar überlebt sie ihn 28 Jahre. Der Ehezauderer starb jung. Seine Werke jedoch scheinen unsterblich zu sein.

Welch ein Glück für die Nachwelt, dass sein Freund, der Schriftsteller Max Brod, sich nicht an die Verfügung des Prager Genies gehalten hat. Denn dann wäre der schriftliche Nachlass auf dem Scheiterhaufen gelandet. Danke Max!

?

Wessen Literatur gehört zu den großartigsten Werken des 20. Jahrhunderts?

30

Der Seemann

Als was möchten Sie wiedergeboren werden, nachdem Sie höchst widerwillig und unter wütendem Protest die irdische Last abgeworfen haben? Als niedliches Seepferdchen, um dann mit einem anmutigen Weibchen an Ihrer Seite verliebt durch die Weltmeere zu schaukeln und mit Ihrem schlanken Rüssel (befindet sich bei den Seepferdchen am Kopf) die Gefährtin zu immer neuen Unterwasserabenteuern anzustupsen?

Ein gewisser Hans Bötticher hatte sich schon in diesem erdgebundenen Leben diesen Traum erfüllt. Er wurde ein Seepferdchen. Die seemännische Bezeichnung für das Glück bringende Meerestierchen hatte er sich als Künstlernamen auserkoren, nachdem er als Schiffsjunge und später als Matrose auf Segel- und Dampfschiffen über die Ozeane geschippert war und begann, Bücher zu schreiben. In seinen Aufzeichnungen »Was ein Schiffsjungen-Tagebuch erzählt« und in seinen autobiografischen Werken »Mein Leben bis zum Kriege« und »Als Mariner im Krieg« nimmt er den Leser mit auf große Fahrt.

Irgendwann hatte er keine Lust mehr, auf Schiffen anzuheuern. Der Seemann sehnte sich nach festem Boden unter den Füßen. Aber der vermeintlich feste Untergrund entpuppte sich für ihn häufig genug als ebenso instabil und alles ver-

schlingend wie die Wellen des Ozeans. Nach einer kaufmännischen Lehre in Hamburg verdiente der Dichter seine Brötchen als Hausmeister in einer englischen Pension, als Angestellter in einem Reisebüro, Bibliothekar eines Grafen in Schlesien, Fremdenführer und Schaufensterdekorateur in München, Mädchen für alles in einer Gartenbauschule und als Archivar im Berliner Scherl-Verlag. Zwischendrin kaufte er sich noch einen Tabakladen und versuchte sich als Lehrling in einer Dachpappenfabrik. Ob es das ungesunde Nikotin oder der nicht minder gesundheitsschädliche Umgang mit Dachpappe war, der die Lunge des in Wurzen bei Leipzig geborenen Verfassers von grotesk-komischen Gedichten anknabberte, lässt sich nicht mehr nachvollziehen. Das Lungenleiden wurde er auf jeden Fall nicht mehr los.
Der Bürgerschreck mit einer Vorliebe für Branntwein liebte es, mit schnoddrigen Sprachspielereien zu provozieren. Zugleich war er ein feinsinniger Lyriker und begeisterter Maler.
Die Ballade vom Seemann Kuttel Daddeldu und die Tragik eines Bumerangs »War einmal ein Bumerang, war ein weniges zu lang …« rezitiert er auf Tourneen durch die deutschen Kabaretts. Seine Verse erfreuen zwar das Publikum, nicht jedoch sein darbendes Bankkonto. Nur ein Jahr nach der Aufführung der Seemannsballade »Die Flasche« im Leipziger Schauspielhaus verhängen schließlich die Nationalsozialisten über den Querdenker ein Auftrittsverbot. Ein weiteres Jahr später stirbt er in Berlin. Die Trauergäste dürfen sich vom heimlich plagenden Fernweh einlullen lassen, denn den Leichenzug begleiten die wehmütigen Klänge von »La Paloma«.
Nur Leser mit einem äußerst robusten Magen sollten sich an dieses Rezept des Herrn Bötticher wagen:

Man mische sieben Pfund Palmin mit gleich viel Milch und Terpentin.
Dann füge man ein Hühnerei und etwas Öl nebst Essig bei.
Dies nun zu festem Brei gerührt, wird dann in einen Strumpf geschnürt.
Das Ganze lässt man dreizehn Wochen in lauem Seifenwasser kochen.
Dann wird es mit Gelee garniert und im verdeckten Topf serviert.
(Doch halte man zu rechter Zeit ein offenes Töpfchen sich bereit.)

?

Wie lautet der Künstlername von Hans Bötticher?

45

Der Hans im Schnakenloch

Das Zeug zum Träumer besaß er nicht. Im Gegenteil. Er war ein weitsichtiger Humanist und bodenständiger Realist. Und trotzdem dichtete er. Dabei hätte alles ganz anders laufen können. Als lernbegieriger Schüler eines bischöflichen Gymnasiums in Straßburg hätte es der in Oberehnheim im Elsass geborene Dichter womöglich bis zum Papst bringen können. Aber nein, Schriftsteller wollte er werden. Er wurde Herausgeber der expressionistischen Zeitschrift »Die weißen Blätter«, in der eine Vielzahl pazifistisch gesinnter Intellektueller gegen den Wahnsinn des Ersten Weltkrieges wetterte. Da die antimilitaristische Haltung der »Weißen Blätter« nach Kriegsausbruch zunehmend auf heftige Kritik der deutschen Reichsregierung stieß, emigrierte der Redakteur in die Schweiz, genauer gesagt in das beschauliche Uttwil. Die fatal galoppierende Inflation der zwanziger Jahre in Deutschland ließ jedoch selbst das verschlafene Schweizer Fischerdörfchen zum teuren Pflaster werden, sodass er sich gezwungen sah, wieder nach Deutschland zurückzukehren und seine Zelte in Badenweiler aufzuschlagen. In dieser Stadt mit ihren phantastischen römischen Thermen verfasste er die so genannten »Blauen Hefte«, eine Art politische Tagebücher. Erst 2002 wurde dieses Spätwerk verlegt.

Die Werke des zeitweiligen Emigranten und wohl bedeutendsten elsässischen Schriftstellers sind durch eine Vielzahl literarischer Strömungen geprägt. Über seine stilistische Form schreibt Thomas Mann, für den 1933 der südfranzösische Wohnsitz des Oberehnheimers die erste Anlaufstelle für die Emigration in die USA war: »Die Natur ist bei ihm nicht todernst, sie droht niemals, sie lächelt oder lacht sogar! es ist ein Pansgelächter.«
Der 1909 erschienene Roman »Der Fremde« erzählt in neuromantischer Manier die Lebensstationen eines jungen Elsässers. Es entstehen in rascher Folge expressionistische Erzählungen wie »Meine Freundin Lo«, »Trimpopp und Manasse« und »Das Erbe am Rhein«. Im Drama »Hans im Schnakenloch« kann sich der Gutsbesitzer Hans Boulanger nicht entscheiden zwischen seiner emotionalen Zugehörigkeit zu Deutschland oder zu Frankreich. Sein innerer Konflikt endet damit, dass er sich schweren Herzens dazu entscheidet, im französischen Heer zu kämpfen. Er fällt in der Schlacht. Zuvor muss er jedoch ertragen, wegen seiner Unentschlossenheit von den Dorfkindern mit einem Spottlied verhöhnt zu werden:

Der Hans im Schnakenloch hat alles was er will, und was er will, das hat er nicht,
und was er hat, das will er nicht, der Hans im Schnakenloch hat alles was er will!

Irgendwie haben sie ja Recht, die Kleinen. Das, was man hat, das will man nicht, etwa einen höllisch schmerzenden, eingeklemmten Ischiasnerv. Und das, was man will, etwa einen wunderschönen Prinzen und ein phantastisch getarntes Schwarzgeldkonto in der Schweiz, das bekommt man nicht.

Der linksrheinische Schriftsteller hat mit einer Lupe in unsere Seele geäugt. Und das, was er dort vorgefunden hat, lässt er die Dorfkinder tiefenpsychologisch punktgenau hinausposaunen.
In einer Romantrilogie thematisiert der Autor am Beispiel des elsässischen Adelsgeschlechts von Breuschheim den deutsch-französischen Gegensatz. Die verfeindeten Brüder Claus und Ernst stehen sinnbildlich für die beiden politischen Strategiemöglichkeiten: eine pazifistische und eine unnachgiebig nationalistische Haltung.
In seinem letzten Roman »Die Flaschenpost«, einer grotesken Geschichte zweier Außenseiter und Emigranten, beschäftigt sich der Übersetzer und Schriftsteller mit der Einsamkeit des Menschen und seinen Wegen, diese zu überwinden. Über persönliche Einsamkeit konnte sich der Elsässer nicht beklagen. Zumindest während seiner Schweizer Exilzeit pflegte der deutsch-französische Grenzgänger enge Kontakte mit Schriftstellerkollegen. Norbert Jacques und Annette Kolb zählten ebenso dazu wie der belgische Stararchitekt Henry van de Velde.

?

Wie heißt der praktizierende Europäer?

51

Der Dichter mit den vielen Namen

Liebe Leser, Sie haben fast alle naturwissenschaftlichen Rätsel gelöst. Einsteins Allgemeine Relativitätstheorie und seine ingeniöse Formel $E = mc^2$ ist für Sie längst banaler Kinderkram. Fundierte Theorien über die Entstehung von Materie, Antimaterie und Tachyonen-Universen schütteln Sie mühelos aus dem Ärmel wie einst Frau Holle die Schneeflocken aus ihren prall gefüllten Bettdecken. Sie plaudern locker und mit brillantem Sachverstand über mikrobielle Brennstoffzellen und Mediator-Moleküle. Das nimmt Ihnen ja auch keiner weg! Aber wissen Sie auch, woher die Löcher im Käse kommen?

Wenn jetzt Ihre Eloquenz ins Stocken gerät und die ersten »Ähs« sich mit unbeholfenen Erklärungsversuchen abwechseln, etwa: »Also, die Löcher im Käse entstehen durch das, äh, … , so genannte Kasein …«, oder: »Nein, ich wollte gerade sagen, die Löcher kommen daher, dass sich der Käse durch die Wärme bei der Gärung zu schnell ausdehnt …«, dann sollten in Ihrem Hause alle Alarmglocken gleichzeitig schrillen. Denn wenn Sie diese tiefgründige und eindeutig überlebenswichtige Frage zusammen mit Ihrem wissbegierigen Jüngsten im Kreise einer illustren Abendgesellschaft klären wollen, ist die Wahrscheinlichkeit groß, dass während der erregten Diskussion die Gemüter an den Siedepunkt geraten. Was dann passieren kann, hat ein Berliner Autor für Sie aufgezeichnet. Furioser Schlussakkord aus dem Prosastück »Wo kommen die Löcher im Käse her«:

4 Privatbeleidigungsklagen. 2 umgestoßene Testamente. 1 aufgelöster Soziusvertrag. 3 gekündigte Hypotheken. 3 Klagen um bewegliche Vermögensobjekte: ein gemeinsames Theaterabonnement, einen Schaukelstuhl, ein elektrisch heizbares Bidet. 1 Räumungsklage des Wirts.

Die vorige Frage bleibt selbstverständlich unbeantwortet. Was Ihren flennenden Sprössling jedoch nicht daran hindert, weiterhin hartnäckig auf einer einleuchtenden Erklärung zu beharren.

Nicht nur die Antwort auf diese elementare käsige Frage beschäftigte den in Berlin geborenen Autor. In anderen Schriften widmete er sich primär den möglichen Zukunftsperspektiven der fragilen Weimarer Republik. Aber der Mahner in der Wüste stieß auf taube Ohren. Seine Bücher landeten nur wenige Jahre später auf dem nationalsozialistischen Scheiterhaufen.

Der scharfzüngige Analyst hatte sich in fast allen literarischen Genres bewährt: Feuilletons, Dramen, Gedichte, Romane, Chansons, Revuen und Reiseberichte. Sein Lebenselixier zwischen 1907 und 1933 hieß Schreiben, Schreiben und immer wieder Schreiben. Etwa 2500 Schriftstücke brachte er unters Volk. Nicht immer unter seinem eigenen Namen. Er bediente sich häufig klangvoller Pseudonyme wie Peter Panter, Theobald Tiger, Ignaz Wrobel und Kaspar Hauser. Jeder Name bediente ein ganz bestimmtes literarisches Spektrum.

Die ersten literarischen Sporen hatte sich der Vielseitige als Chefredakteur der satirischen Berliner Zeitschrift »Ulk« verdient. Er wechselte zur »Weltbühne«, für die er als Korrespondent aus Paris berichtete. Geld verdienen stand nicht im Vordergrund. Aber dann traf ihn das gleiche Schicksal wie Millionen seiner Landsleute. Nach der Inflation 1923 verlor er sein stattliches Vermögen, das ihm sein Vater hinterlassen hatte, sodass er vorübergehend gezwungen war, als Volontär in das Berliner Bankhaus von Bett, Simon & Co. einzutreten. Aber dem organisatorisch gänzlich Untalentierten war diese Tätigkeit ein Graus, ebenso wie einige Jahre später seine kurzzeitige Rolle als Herausgeber der Zeitschrift »Weltbühne«. Er war zutiefst erleichtert, als er diese Jobs wieder abgeben und als freier Schriftsteller seiner Leidenschaft frönen konnte. Querdenker waren jedoch Ende der 20erJahre nicht gefragt, sodass er schon 1929 nach Schweden emigrierte. Vier Jahre später wurde ihm vom Reichsminister des Inneren die deutsche Staatsangehörigkeit aberkannt.

Die Gedichte des Meisters der Sprache sprühen vor Witz und tiefgründigen Lebenseinsichten. Und so werden Tausende beziehungsgestresster Leser eine spontane Seelenverwandtschaft mit dem gänzlich unsentimentalen Literaten entdecken:

... Das ist schwer: ein Leben zu zwein. Nur eins ist noch schwerer: einsam sein.

Zwei Scheidungen untermauerten diese melancholisch-psychologische Erkenntnis, die er am Schluss seines Gedichts »Ehekrach« für die Nachwelt festhielt.

Spott, manchmal berlinerisch derb, manchmal stilistisch

subtil, war das Markenzeichen vieler seiner Prosastücke und Gedichte. Heiter und gelegentlich etwas schwermütig gibt sich sein Roman »Schloss Gripsholm«, den der jüdische Schriftsteller in seinem schwedischen Exil geschrieben hatte. Sein kurz vor dem Weihnachtsfest 1935 gewählter Freitod war wohl keine Kurzschlusshandlung, sondern eher ein Bilanzsuizid. Möglicherweise haben auch die jahrelangen chronischen Schmerzen aufgrund einer – zur damaligen Zeit nicht therapierbaren – Kieferhöhlenentzündung mit dazu beigetragen, dass der schreibgewandte Berliner seinem Leben selbst ein Ende setzte.

?

Wie hieß der melancholisch-zynische Berliner?

61

Die Spätberufene

Als ihr erster Gedichtband »In den Wohnungen des Todes« erschien, hatte die 56-Jährige bereits ein Alter erreicht, in dem manch gestresster Banker schon mit dem Vorruhestand liebäugelt. Aber dann legte sie richtig los. Sie konnte gar nicht anders, als das Leiden, die Verfolgung, das Exil und die drohende Vernichtung des jüdischen Volkes in eine überwältigende metaphorische Sprache zu übersetzen. »Und niemand weiß weiter« und »Fahrt ins Staublose« betitelte sie weitere Lyrik- und Gedichtbände.

Nur knapp war das einzige Kind eines reichen jüdischen Berliner Industriellen dem grausamen Schicksal entronnen, das sie erwartet hätte, wenn ihr 1940 nicht die Flucht nach Stockholm gelungen wäre. Bereits 1939 hatte sie eine Vertraute damit beauftragt, in Schweden persönlich Kontakt aufzunehmen mit Selma Lagerlöf. Schon seit längerem hatte die Lyrikerin mit der großen Dichterin korrespondiert. Mit ihrer Hilfe konnte sie für sich und die ebenfalls in höchstem Maße gefährdete Mutter eine sichere Zufluchtsstätte auskundschaften. Nur unter größten Schwierigkeiten gelang beiden die Emigration nach Schweden.

Nach dem Abitur hatte sie zunächst Musik, Tanz und Literaturwissenschaften studiert, zu einer Zeit, als für die verwöhnte Industriellentochter die Zukunft noch in rosaroten Farben

schillerte. Bereits mit 17 Jahren schrieb sie ihre ersten Gedichte, von deren literarischer Qualität sie jedoch nicht überzeugt war, sodass sie nie Eingang in ihre Gedichtbände fanden. Ihre lyrischen Werke wurden in den 20er Jahren in Zeitschriften veröffentlicht. Sie selbst jedoch blieb immer im Hintergrund. In literarischen Zirkeln oder elitären Salons, in denen sich die Intellektuellen in Berlin trafen, wurde sie nicht gesichtet. Sie fand es höchst befriedigend, mit ihren religiös-liberalen Eltern ein zurückgezogenes Leben zu führen. Nach dem Tod des Vaters wurde die Bindung an die Mutter noch enger. In dieser engen Gemeinschaft hatte von außen niemand etwas zu suchen, sodass sie zeitlebens unverheiratet blieb.
Auch im nordischen Exil legte sie keinen großen Wert auf soziale Kontaktpflege. Mit Übersetzungen der schwedischen Dichter Gunnar Ekelöf, Erik Lindegren und Johannes Edfelt hielt sich die frisch gebackene schwedische Staatsbürgerin finanziell über Wasser. Auch nach der Verleihung des Nobelpreises lebte sie in einer bescheidenen kleinen Wohnung, die ihr die jüdische Gemeinde in Stockholm zur Verfügung gestellt hatte.
Im Jahre 1960 betritt sie das erste Mal wieder deutschen Boden, um den Droste-Hülshoff-Preis entgegenzunehmen. Das Gesicht mit den ausdrucksvollen Augen zeigt keinerlei Spuren verbitterter Anklage. Im Gegenteil. Ein mildes, weises Lächeln spielt auf ihren Lippen, das nichts von ihren gelegentlichen Nervenzusammenbrüchen erahnen lässt.
Ihre Lyrik richtet nicht. Das Grauen wird abgeschwächt durch dessen Verwandlung in Erinnerung. Sie fordert die Menschen auf zum Mitleiden, Verstehen und Reflektieren. Trotz der grausamen Erfahrungen, die hinter ihr lagen – eine ganze Anzahl von Familienmitgliedern wurde von den Nazis ermordet –, ist sie frei von Hass. In der 1961 erschie-

nenen Gedichtsammlung »Fahrt ins Staublose« lässt sie die Verfolgung und das Leid des jüdischen Volkes in den ihr eigenen Metaphern lebendig werden, ohne jedoch der Hoffnungslosigkeit zu verfallen.
Der nachfolgende Auszug aus dem Band »Flucht und Verwandlung« artikuliert das durchlebte Entsetzen in wenigen einprägsamen Worten:

Eine Garbe Blitze/ fremde Macht/ besetzen/ diesen Acker aus Papier/
Worte lodern/ tödliches Begreifen/ Donner schlägt das Haus ein/
darin Grablegung geschah.
Nach Vergebung dieses Lebens/ aus verzehrter Schreibeweise/
aus der einzigsten Sekunde/ hebt der innere Ozean/
seine weiße Schweigekrone/ in die Seligkeit zu dir.

Was sie niederschrieb, hat viele Menschen zutiefst bewegt. Am allermeisten die Jurymitglieder, die über internationale Literaturpreise befinden. Der Friedenspreis des Deutschen Buchhandels ist nur ein einstimmendes Vorgeplänkel für die ganz große Auszeichnung. Im Jahre 1966 steht sie im weltweiten Rampenlicht. »Für mich ist ein Märchen wahr geworden«, stammelt sie ergriffen, als sie in Stockholm den Nobelpreis für Literatur erhält.

?

Wie heißt diese Berliner Nobelpreisträgerin für Literatur?

49

Der Rauschsüchtige

Es war einmal eine wunderschöne Prinzessin. Sie war einem Königssohn versprochen, dessen Reich weit weg lag. Zusammen mit ihrer Kammerjungfer machte sie sich auf den langen Weg zu ihrem Bräutigam. Während der beschwerlichen Reise zu Pferde gelüstete es die Kammerjungfer, selbst die Herrin zu spielen. Sie zwang die Prinzessin dazu – unter der Androhung, sie sonst umzubringen – ihr das königliche Pferd, welches sprechen konnte, zu überlassen und die Rolle der Dienerin zu übernehmen. Im Schloss des Prinzen gab sich die Kammerjungfer selbst als Königstochter aus. Die echte wurde gezwungen, als Gänsemagd niedrigste Arbeiten zu verrichten. Um nicht von dem sprechenden Pferd verraten zu werden, ließ es die hinterlistige Kammerjungfer abschlachten. Bald darauf wurde sie jedoch entlarvt. Zur Strafe steckte man sie splitternackt in ein Fass, das innen mit spitzen Nägeln beschlagen war.

Weder die holde Prinzessin noch ihre betrügerische Dienerin faszinierten den Schriftsteller Rudolf Ditzen. Es war das sprechende Pferd aus dem Märchen »Die Gänsemagd« der Gebrüder Grimm, mit dem er sich identifizierte und dessen Namen er annahm.

Schon mit 18 Jahren versuchte sich der Märchenliebhaber aus dem Leben herauszukatapultieren. Der Versuch missglückte. Er landete stattdessen in einer psychiatrischen Klinik. Nach vergeblichen Heilungsversuchen seiner sensiblen Seele besuchte er wieder das Gymnasium, welches er jedoch ohne Abschluss verließ. Als Landwirtschaftseleve, Wirtschaftsinspektor und Buchhalter konnte er sich leidlich über Wasser halten. Die raue, entbehrungsreiche Wirklichkeit nach dem Ersten Weltkrieg ertrug der zeitweilige Journalist und Verlagslektor nur im Suff und im Haschischrausch. Um das Geld für den Stoff aufzubringen, unterschlug er Gelder und saß deshalb abwechselnd im Knast oder in der Suchtheilanstalt.

Trotz seiner Vorstrafen fand er eine Ehefrau. Anna Issel, die in seinen Romanen als »Lämmchen« unsterblich wurde, schenkte dem Schriftsteller drei Kinder. Was ihn jedoch nicht daran hinderte, ihr zu einem späteren Zeitpunkt nach dem Leben zu trachten. Nach einem angeblichen Mordversuch wanderte er wieder hinter Gitter. Der dem Alkohol verfallene Autor zeichnete in seinen sozialkritischen Romanen brillante Zeitgemälde der menschlichen Zustände in der Nachkriegsära. Er schrieb über den harten Überlebenskampf des kleinen Mannes, den die fatalen Auswirkungen der Wirtschaftskrise bis ins Mark trafen. Sozialer Aufstieg für die große Masse? Fehlanzeige! Für das Kleinbürgertum mündeten meist alle Anstrengungen in der Einbahnstraße: Arbeitslosigkeit und Armut. Und diese zersetzende Hoffnungslosigkeit war der Nährboden für den Roman »Kleiner Mann, was nun?«. Erst dieses Werk brachte dem als Vertreter der »Neuen Sachlichkeit« betitelten Schriftsteller schließlich internationale Anerkennung und eine gut gefüllte Brieftasche. Zum ersten Mal in seinem

Leben saß er vor randvollen Fleischtöpfen und konnte es sich so leisten, ein Gut in Mecklenburg zu erwerben, das er selbst bewirtschaftete, und sich den Rest seiner Zeit dem Schreiben zu widmen. In »Wer einmal aus dem Blechnapf frisst« versucht ein ehemaliger Strafgefangener sich wieder eine bürgerliche Existenz aufzubauen, doch er scheitert. Das Werk wurde von den Nazis abgelehnt. Nicht eine zerbrochene, sondern eine heile Welt sollte der Autor dem Volk gefälligst vorführen. Der wiederum hielt es daraufhin für angebracht, sich auf unverfängliche Unterhaltungsliteratur wie »Hoppelpoppel, wo bist du?« und »Der ungeliebte Mann« zu verlegen.

Während einer erneuten erfolglosen Entziehungskur schrieb der Autor mit der labilen Psyche seinen bemerkenswertesten und persönlichsten Roman:

»Ich bin komplett besoffen, ich bin völlig blau ...«, murmelt darin der alkoholabhängige Kaufmann Erwin Sommer immer wieder stumpfsinnig vor sich hin, nachdem er vergeblich versucht hat, in das halb geöffnete Fenster seiner »Reine d'alcool«, der »Königin des Alkohols«, wie er die spröde Kellnerin eines Dorfgasthofes nennt, einzusteigen, um sie zu beglücken. Welch schlimmes Ende es mit dem notorischen Trunkenbold Sommer nimmt, wird dem Leser nach spannungsgeladenen Seiten im Roman »Der Trinker« offenbart. Nicht viel besser erging es einem der begnadetsten deutschen Schauspieler, der in der Verfilmung »Der Trinker« die Rolle seines Lebens spielte. Und aller bösen Dinge sind drei: Auch der Autor Rudolf Ditzen kam – wie das Pferd – vorzeitig um. Es war jedoch nicht der Schinder, dem er zum Opfer fiel. Der Alkohol brach ihm das Genick.

Wie heißt das Pferd in dem Märchen
»Die Gänsemagd« und wie lautet der Künstlername
des Rudolf Ditzen?

15

Der Mensch

Stellen Sie sich vor, Sie stehen an einem hohen schmiedeeisernen Gartenzaun. Dahinter verbirgt sich, gut geschützt durch dichte, sorgfältig geschnittene Buchs-Hecken, die pompöse Villa eines der reichsten Industriellen der Nation. Welche Ungerechtigkeit, dass so ein Emporkömmling den ganzen Reichtum und das ganze Glück auf Erden für sich allein beansprucht! Sie klettern am Gitter hoch und rütteln wie besessen daran. »Ich will da rein!«, schmettern Sie den herbeieilenden Sicherheitsbeamten entgegen.
Noch bevor die wachsamen Bodyguards Sie vom Gitter wegzerren, fällt es Ihnen jedoch wie Schuppen von den Augen. Was hat man Ihnen schon in der Schule beigebracht? Geld allein macht nicht glücklich! Wie konnten Sie diese jahrhundertealte Weisheit auch nur eine Minute lang vergessen. Was muss das für ein armes Schwein sein hinter den kunstvoll geschmiedeten Gittern! Unglücklich, ungeliebt und wahrscheinlich von juckenden Hämorrhoiden geplagt. Ihre Augen werden auf einmal wässrig vor Mitgefühl für diesen berühmten Unglücksraben in seiner unzugänglichen Festung. Geläutert und weise geworden, ziehen Sie von dannen. In die ganze Welt wollen Sie nun Ihre Erkenntnisse hinausposaunen oder wenigstens einen Bestseller daraus basteln.

Vergessen Sie es! Ein anderer Mensch hat Ihnen diese Arbeit schon abgenommen. So souverän, dass Sie ihm niemals das Wasser werden reichen können:

Gut gedrillt
Ein Mensch steht stumm, voll schlechter Laune
an einem hohen Gartenzaune
und müht sich mit gestreckten Zehen,
in dieses Paradies zu sehen
und schließt aus dem erspähten Stück:
hier wohnt der Reichtum, wohnt das Glück …

Der Verfasser war einer, der die menschlichen Unzulänglichkeiten fest im Visier hatte. Jedoch nicht mit einem angewiderten Naserümpfen, sondern stets mit einem ironischen Augenzwinkern. Bedauerlicherweise liefern aber nicht jedem Dichter seine mit zitterndem Herzblut verfassten Werke ausreichend fette Würste, saftige Schinken und genügend Butter aufs Brot, um sich bis zum letzten Atemzug davon ernähren zu können.
So war auch der in München geborene Poet gezwungen, sich als Journalist zu verdingen und als Feuilletonredakteur für die »Münchner Neuesten Nachrichten« zu schreiben. Diesen Job verlor der studierte und promovierte Germanist, Philosoph und Historiker allerdings nach der Machtübernahme der Nationalsozialisten. Als Kündigungsgrund fiel den Verantwortlichen nichts anderes ein als: »wegen Unzuverlässigkeit«. So musste sich der Schriftsteller die Butter, mitsamt dem trockenen Brot darunter, mit Gedichten verdienen, die meist mit einem inhaltsschweren, viel sagenden »Ein Mensch …« begannen und die er gelegentlich auch selbst vortrug. Und diese verbale Heiterkeit schrie geradezu

nach öffentlicher Anerkennung. Sie kam erst spät. Seine Heimatstadt verlieh dem Fachmann für subtile Ironie 1952 den Kunstpreis für Literatur. Ob die Kinder, die eine nach ihm benannte Schule besuchen, wohl im Stundenplan das Fach Humor vorfinden?

Kaum hatte der Sohn eines bekannten Münchner Schriftstellers sein Abitur bestanden, meldete er sich als Freiwilliger an die Front. Die Kommandeure des Ersten Weltkrieges schickten den jungen Mann nach Zypern, wo er schwer verwundet wurde. Während der langen Zeit der Rekonvaleszenz beschäftigte er sich mit etwas Ungewöhnlichem. Er dichtete. Sein erster Lyrikband »Die Dinge, die unendlich uns umkreisen« erschien schon 1918. Bald darauf unternahm er ausgedehnte Reisen nach Norwegen, Afrika und Griechenland, die seine Erkenntnis verstärkten, dass es rund um den Globus in derselben Weise menschelt.

Es ist kaum vorstellbar, dass der ehemalige Kriegsfreiwillige trotz traumatischer Erfahrungen seitenweise Komik und Witz über seine Leser gießen kann. In Badewannen voll trockenem Humor lässt der scharfsinnige Beobachter sie sich suhlen wie Frischlinge in knöcheltiefen Schlammlöchern.

?

Wie heißt dieser Mensch?

47

Der Erfinder des »Carpe diem«

Nicht immer, aber immer öfter beschleicht Sie das irritierende Gefühl, zu wenig im Heute zu leben. Es gelingt Ihnen einfach nicht, um sich herum alles zu vergessen und mit allen Sinnen nur das wahrzunehmen, was der Augenblick für Sie bereithält. Aber genau diesen Augenblick gilt es bis in die letzte Pore aufzusaugen, so, als ob es Ihr letzter Erdentag wäre: die am blauschwarzen Nachthimmel sich scharf abzeichnende filigrane Mondsichel, das unerwartete flüchtige Lächeln einer Passantin, der aus der offenen Küchentüre wabernde Knoblauchduft, der zärtliche Händedruck Ihres Partners.

Wenn es Ihnen noch nicht richtig gelingen will, solch unerwartete Glücksgefühle mit einer unter die Haut gehenden Intensität auszukosten, die das »Morgen« gegenstandslos werden lassen, dann nehmen Sie ganz einfach Nachhilfeunterricht bei dem Sohn eines rheinhessischen Flaschenkapselfabrikanten. In einem seiner Meisterdramen lässt er einen gewissen Johannes Bückler seine letzten Lebensstunden mit einer solch emotionalen Dichte erleben, dass man fast neidisch werden könnte auf den »Schinderhannes«:

Ich will nit wisse, was morgen kommt! Heut bin ich noch da!,

bekennt er fast trotzig. Worauf ihm sein Julchen erwidert:

Un bist bei mir – un bleibst – bis die Sonn aufgeht!

Wer würde da nicht tauschen mögen mit dem berüchtigten Räuber aus dem Hunsrück. Nur ein einziges Mal nicht besorgt auf das Morgen schielen! Dass der Schinderhannes einen hohen Preis für diese auf wenige Stunden komprimierte Fülle des Daseins zahlen muss – wir haben es schon geahnt. Nach Sonnenaufgang am Galgen zu baumeln ist die unerwünschte verdrießliche Nebenwirkung des Erlebens.

Diese Schlussfolgerung jedenfalls hat sich einer der bekanntesten deutschen Dramatiker so vorgestellt. Er gehörte zu den Unangepassten, die den Finger auf soziale Wunden legten. Nach einem Studium der Naturwissenschaften in Frankfurt am Main und in Heidelberg schlug er sich jahrelang mehr schlecht als recht als freier Schriftsteller durch. Dann endlich kam der lang ersehnte Durchbruch. Die Komödie »Der fröhliche Weinberg« wurde mit dem Kleist-Preis ausgezeichnet und durfte für sich in Anspruch nehmen, zum größten deutschen Theatererfolg in den 20er Jahren zu avancieren.

Furore machte der Literat mit seinem gesellschaftskritischen Stück »Hauptmann von Köpenick«. Ein deutsches Märchen nannte der mit dem Georg-Büchner-Preis ausgezeichnete Autor diese satirische Abrechnung mit dem preußischen Bürokratismus und Militarismus. Von wegen Märchen! Der

Stoff für den tollkühnen Streich des vorbestraften Schustergesellen Wilhelm Voigt basierte auf tatsächlichen Ereignissen.
Sozialsatire war beim NS-Regime jedoch höchst unerwünscht. Mit der Folge, dass die Werke des Schriftstellers mit jüdischen Vorfahren Aufführungsverbot erhielten. Um der drohenden braunen Gefahr zu entgehen, emigrierte er erst nach Österreich, dann über die Schweiz und Kuba in die USA. Nach dem Ende des Zweiten Weltkrieges wurde in Zürich mit großem Erfolg »Des Teufels General« aufgeführt. Die Hauptfigur in diesem Stück, der Luftwaffengeneral Harras, zerbricht an seiner Leidenschaft für Flugzeuge. Diese fanatische Obsession stellt er in den Dienst der Nationalsozialisten, obwohl er die größenwahnsinnigen Ziele dieser Partei nicht gutheißt. Es gibt für ihn nur einen einzigen Weg, mit seinem strapazierten Gewissen wieder ins Reine zu kommen. Den Suizid. Das Stück bedient sich biografischer Fakten des berühmten Fliegers Ernst Udet, Generalflugzeugmeister der deutschen Armee.
Kurz nach seiner Übersiedlung in die Schweiz, Ende der 1950er Jahre, veröffentlichte der Dramatiker den spannenden Krimi »Die Fastnachtsbeichte«: Man lebt schon etwas gefährlich als reuiger Sündenbekenner während der lustigen rheinhessischen Fastnacht. Es kann einem passieren, dass man im Beichtstuhl ganz unspaßig erdolcht wird. Als letztes großes Werk präsentierte der 1960 mit dem »Großen Österreichischen Staatspreis« ausgezeichnete Nackenheimer seine Lebenserinnerungen »Als wär's ein Stück von mir«.
Welch ein Glück, dass der Stückeschreiber sich nicht für das Produzieren von ungemein praktischen Flaschenverschlüs-

sen als Lebensinhalt und Broterwerb entschieden hat. Die deutsche Literatur wäre ärmer ohne ihn.

?

Wer schrieb »Der Hauptmann von Köpenick«?

65

Der Empörungsdichter

Liebe Leserin, rein hypothetisch: Sie haben sich unsterblich verliebt in einen sterblichen Literaten. Unzählige Schmetterlinge taumeln voller Seligkeit irgendwo zwischen Ihrem Bauchnabel und Rippenfell herum. Sie sind wild entschlossen, mit Ihrem Traummann Hand in Hand bis ans Ende der Welt zu marschieren. Dann der Schock. Vor dem allgemeinen Aufbruch legt Ihnen der Schmetterlingslieferant einen Vertrag auf den Tisch. Sie möchten doch, bitteschön, unterschreiben, dass er sich lustvoll in allen Betten tummeln darf, die links und rechts des Weges gerade vakant sind. Und Sie möchten doch, bitteschön, vermerken, dass Sie diese lasziven Freiheiten für sich selbstverständlich nicht in Anspruch nehmen.

Sie schlucken zweimal kurz und trocken. Dann zücken Sie den Füllfederhalter und unterschreiben den Wisch. Herzlichen Glückwunsch! Sie sind genau die richtige Frau für einen in Augsburg geborenen Stückeschreiber.

Nach einem Notabitur während des Ersten Weltkrieges studierte der Frauenkonsumierer höchst lustlos mehrere Monate Medizin und Naturwissenschaften. Denn eigentlich hatte er ja etwas ganz anderes im Sinn. Die mediale Provokation. Er war gerade mal 24 Jahre alt, als sein linksorientiertes Stück »Trommeln in der Nacht« in München urauf-

geführt wurde. Wenig später wählte der junge Mann mit den fragend blickenden Augen Berlin als Wohnsitz, um zusammen mit Carl Zuckmayer als Dramaturg für Max Reinhardt am Deutschen Theater zu arbeiten. Gemeinsam mit dem Komponisten Kurt Weill stürzte er sich auf die Neugestaltung der »Beggar's Opera«, die als »Dreigroschenoper« im Theater am Schiffbauerdamm mit großem Erfolg über die Bühne ging. An diese positive Resonanz konnte die Uraufführung des Stückes »Aufstieg und Fall der Stadt Mahagonny« nicht anknüpfen. Die Premiere in Leipzig im Jahre 1930 endete als Theaterskandal. Nicht viel besser lief es mit dem Film »Kuhle Wampe«, der erst in einer entschärften Fassung in den Kinos gezeigt werden durfte.
Was Frauen anbetraf, war der Verfasser des »Kaukasischen Kreidekreises« und von »Der gute Mensch von Sezuan« unersättlich. Eine Zeit lang musste eine seiner Geliebten höchst unkomfortabel im Vorgarten zelten, da sich die rechtmäßig angetraute Ehefrau hartnäckig geweigert hatte, zusätzlich zu der schon unter ihrem Dach logierenden Nebenfrau noch eine zweite zu beherbergen.
Mit einigen seiner Gefährtinnen verband den Literaten nicht nur die Lust am Schiffschaukeln, was er nach eigenen Worten so erotisch fand wie den Beischlaf, sondern auch eine gemeinsame innige Hingabe zum Theater und zur Literatur. Der Begründer des »Epischen Theaters« nahm in seinen Stücken Abschied von den üblichen Absichten des Dramaturgen, den Zuschauer emotional in den Ablauf mit einzubeziehen. Der »Empörungsdichter« bevorzugte ein karges Bühnenbild, kommentierende Sprecher, Zwischentexte und schrille Songs, die eine Distanz zum Betrachter aufbauen sollten. Nicht tränennasse Taschentücher wollte er produzieren, sondern den Denkapparat des Zuschauers anwerfen,

um moralisch-soziale Beurteilungen aus ihm herauszukitzeln.
Der erfolgreiche Stückeschreiber rümpfte die Nase über Rilke, dessen Lyrik er als sentimental, kitschig und realitätsfern empfand. Brutal nüchtern dagegen waren viele seiner eigenen Werke: »Mutter Courage und ihre Kinder« versetzt den Leser mitten in den unbarmherzigen Überlebenskampf im Dreißigjährigen Krieg. Und in »Herr Puntila und sein Knecht Matti« gestaltet der bayerische Schwabe in überragender Weise den sozialen Gegensatz zwischen Herrn und Knecht. Der kraftstrotzende Gutsbesitzer Puntila erweist sich im nüchternen Zustand als herzloser Leuteschinder. Ist er jedoch sternhagelblau, verwandelt er sich überraschenderweise in einen Philanthropen, dem das Mitgefühl und die Fürsorge für seine Mitmenschen aus allen Poren quillt:

> *Dieser Puntila (der Nüchterne) ist heut nacht in einer Punschflasche ersoffen, der schlechte Kerl. Und jetzt steh ich da, ein Mensch bin ich geworden,*

erklärt der Gutsherr seiner Tochter Eva diese wundersame alkoholbedingte Metamorphose.
Der Autor dieser herrlich skurrilen Komödie emigrierte 1933 zuerst ins europäische Ausland und dann in die USA. Mehrere Gründe sprachen für eine hastige Abreise. Das messerscharfe Anprangern von gesellschaftlichen Missständen und Sympathisieren mit der Kommunistischen Partei Deutschlands war nicht kompatibel mit der Nazi-Doktrin; und mit der jüdischen Schauspielerin Helene Weigel verheiratet zu sein, erst recht nicht. Nach der Rückkehr aus den USA übersiedelte er mit seiner Familie nach Ost-Berlin. Zusammen mit seiner Gattin gründete er das »Berliner

Ensemble«, das wenig später im Theater am Schiffbauerdamm eine neue Bleibe fand.
Zwei Jahre vor seinem Tod erhielt der DDR-Bürger den Stalin-Preis für »Frieden und Verständigung zwischen den Völkern«. Nicht bei den hübschen Frauen ereilte den großen Dramatiker und Gedichteschreiber ein tödlicher Herzinfarkt, sondern ganz profan während der Theaterproben des Berliner Ensembles für ein Londoner Gastspiel. Auf dem Dorotheen-Friedhof in Berlin hat er seitdem, gemeinsam mit dem schräg gegenüber liegenden Hegel, alle Zeit der Welt, die fatalen Wurzeln für soziale Ungerechtigkeiten zu ergründen.

?

Wie heißt der geistige Vater des Epischen Theaters?

6

Der Werbetexter

Nur mit Gummi von Continental kriegst du Weiber ohne Zahl!«

So oder so ähnlich könnten sich Anfang der 1920er Jahre die poetischen Auswüchse eines Werbetexters der Continental-Gummiwerke angehört haben. Welch ein Segen für die deutsche Literaturlandschaft, dass der innovative Redakteur das Anpreisen von unentbehrlichen Gummiprodukten wie Autoreifen schon bald an den Nagel hängt und sich auf das Bücherschreiben besinnt.

Als 18-Jähriger verfasste er eine Kurzgeschichte für den Osnabrücker »Heimatfreund«. Nur wenige Wochen nach diesen ersten literarischen Gehversuchen erhielt er jedoch die Einberufung zur Armee. Im Ersten Weltkrieg wurde er früh durch einen Granatsplitter verwundet und verbrachte viele Monate in einem Lazarett. Nach Kriegsende ließ er sich als Lehrer ausbilden, um dann doch der Arbeit als freier Redakteur in Berlin, unter anderem auch als Sportjournalist, den Vorzug zu geben. Genauso wechselhaft wie sein Berufsleben gestalteten sich auch seine privaten Beziehungen.

Wenn sich ein Partner nach spätestens fünfjähriger Ehe nicht als der Sechser mit Zusatzzahl entpuppt hat und die Scheidung vollzogen werden muss, dann tippt man eigentlich nicht ein zweites Mal dieselben misslichen Zahlen. Aber genau dies tat der blendend aussehende ehemalige Werbetexter. Es war jedoch nicht Marlene Dietrich, mit der er zeitweise zusammenlebte, die von ihm zweimal zum Traualtar geschleppt wurde, sondern Ilse-Jutta Zambona. Nach der erneuten Scheidung heiratete er die US-Schauspielerin Paulette Goddard, die Ex-Ehefrau von Charlie Chaplin.

Zu diesem Zeitpunkt liegt die Erstpublikation eines der größten Bucherfolge im deutschsprachigen Raum, mit dem er aus der literarischen Anonymität aufgetaucht war, schon fast 30 Jahre zurück. »Im Westen nichts Neues«. Die erschütternde Berichterstattung der Gräuel im Ersten Weltkrieg erreicht astronomisch hohe Auflagen und wird in unzählige Sprachen übersetzt. Eines macht jedoch stutzig: Auch wenn Millionen von Lesern die fiktive Aufarbeitung der Kriegserlebnisse des Schriftstellers geradezu verschlungen haben, weitere Kriege konnten dadurch nicht verhindert werden.

Das Buch ist gnadenlos. Der Autor zieht die Leser hinab in feuchte modrige Schützengräben, in denen sich bei Gasangriffen das Giftgas sammelt, er lässt sie würgen vor Entsetzen, wenn er die grausamen Verletzungen der meist unfreiwilligen Kriegsteilnehmer schildert:

> *Wir sehen Menschen leben, denen der Schädel fehlt. Wir sehen Soldaten laufen, denen beide Füße weggefetzt sind, sie stolpern auf den splitternden Stümpfen bis zum nächsten Loch. Ein Gefreiter kriecht zwei Kilometer weit auf den Händen und schleppt die zerschmetterten Knie hinter sich her, ein anderer geht zur Verbandsstelle, und über seine festhaltenden Hände quellen die Därme. Wir sehen Leute ohne Mund, ohne Unterkiefer, ohne Gesicht.*

Die Brutalitäten des Ersten Weltkrieges werden mit einer unglaublich klaren Sprache beschrieben. Heldenpathos und Hurrapatriotismus kennt der Autor nicht. Was gesteigert werden kann, ist nur das Grauen, die Angst angesichts des Todes und – um nicht wahnsinnig zu werden – gelegentliche Verdrängung des sinnlosen Gemetzels. Die peinlich wirklichkeitsnahe Darstellung der unheimlichen Kriegsmaschinerie passt natürlich nicht in die Nazi-Doktrin. Ein Krieg hatte schön zu sein und ein Kriegsbuch sollte gefälligst Gefühle von opferbereiter Vaterlandsliebe auslösen und nicht den Eindruck eines abstoßenden fragwürdigen Abschlachtens vermitteln. Noch bevor die Bücher des Osnabrückers verbrannt wurden, emigrierte der Verfasser über die Schweiz in die USA.
Hätte dies nur auch seine Schwester Elfriede getan. Im Dezember 1943 wurde sie wegen Wehrkraftzersetzung in Berlin-Plötzensee hingerichtet. Nach dem Ende des Zweiten Weltkrieges kehrte der Literat nach Europa zurück. Er hatte inzwischen die amerikanische Staatsbürgerschaft angenommen und für den dortigen Geheimdienst die Schrift verfasst: »Möglichkeiten und Methoden der politischen Erziehung der Deutschen nach dem Zusammenbruch des Faschismus«. Seine große Liebe galt jedoch dem Roman. Den letzten, »Die Nacht von Lissabon«, schrieb er in seinem Wohnsitz in Porto Ronco im Tessin.

Wie heißt der Verfasser des mehrfach verfilmten Romans »Im Westen nichts Neues«?

43

Der Vorausschauende

Liebe Leser, sicherlich haben Sie für alle möglichen Eventualitäten, verdrießliche wie erfreuliche, Vorsorge getroffen. Sie haben eindeutige Verhaltensregeln aufgestellt für den Fall, dass sich Ihre Schwiegermutter länger als drei Tage bei Ihnen einnisten sollte. Diese bedrohliche Extremsituation erfordert subtile Nahkampfstrategien. Die Kinder erhalten Anweisung, mitternächtlich in das Schlafzimmer der abreiseresistenten Großmutter zu schleichen und Max und Moritz, zwei verhaltensgestörte, braun gesprenkelte Meerschweinchen, auf der Bettdecke der ahnungslos Schlummernden auszusetzen.

Sie überlassen nichts dem Zufall. Aber haben Sie wirklich auch an alles gedacht? Haben Sie sich schon überlegt, welche Gedanken wie ein Feuerwerk von Sternschnuppen durch Ihren Kopf rasen werden, falls ein Autobus Sie überfährt?

Sollten Sie noch keine greifbare Vorstellung davon haben, mit welch tiefschürfenden Überlegungen sich Ihre graue Großhirnmasse in den letzten Sekunden ihrer Existenz beschäftigen wird, dann lassen Sie sich einfach inspirieren vom amüsantesten und geistreichsten Schulmeister Deutschlands. So jedenfalls nennt ihn ein führender Literaturkritiker. Der in Dresden geborene Literat hat Ihnen in seinem

Gedicht »Gedanken beim Überfahrenwerden« die lästige Vorausplanung für eine solche Katastrophe schon abgenommen:

Halt, mein Hut! Ist das das Ende?
Groß ist so ein Autobus.
Und wo hab ich meine Hände?
Dass mir das passieren muss …

Während monströse Autoreifen Sie quietschend zermalmen, liegt nichts näher, als sich ratlos zu fragen, ob Sie die Theaterkarten eingesteckt und die Schreibtischschublade abgeschlossen haben. Es wird Sie bekümmern, dass Sie ausgerechnet an diesem Tag Ihren neuen blauen Anzug tragen. Wie schade. Er wird nun nicht einmal mehr für die halbjährliche Altkleidersammlung des Roten Kreuzes taugen. Der kreative Verfasser des Gedichtes »Gedanken beim Überfahrenwerden« hatte Gott sei Dank keine Gelegenheit, an sich selbst zu testen, ob diese Überlegungen ihm wirklich durch den Kopf geschossen wären, obwohl er fast überfahren worden wäre: durch die Machthaber im Dritten Reich. »Ich hasse Ideologien, welcher Art sie immer sein mögen. Ich bin ein überzeugter Individualist«, bekannte der sächsische Dichter wenige Jahre vor seinem Tod und er war damit nicht einen Fingerbreit abgerückt von seiner Haltung, die er schon 40 Jahre zuvor pflegte. Unbeugsam war er, ein Ärgernis für die Nationalsozialisten, die seine Bücher verbrannten. Der Roman »Fabian« und die Lyriksammlung »Gesang zwischen den Stühlen« passten so gar nicht in die Anpassung und Gleichschritt fordernde Ideologie des Dritten Reiches. »Ich setze mich gerne zwischen Stühle«, gestand er in seinem »Kurzgefassten Lebenslauf«. Als humorvoller Realist rüttelte er an den Gitterstäben der Nazi-Doktrin. Das Rütteln war allerdings nicht heftig genug, um ihn selbst ins ungeliebte Exil zu treiben. Emigrieren mussten jedoch seine Bücher, die in der Schweiz gedruckt wurden.

Der spätere Wahlmünchner war ein scharfer Beobachter. Er liebte es, vor allem durch die Augen der Kinder die Welt zu betrachten. In seinen Büchern »Das doppelte Lottchen« und »Pünktchen und Anton« erziehen sie die verblendeten Eltern und in »Emil und die Detektive« entpuppen sich die Kleinen als die Schlaueren. Die Kinder lieben seine Bücher. Da ist endlich mal ein Erwachsener, der sie versteht und mit feinem Humor ihre Sprache spricht. Endlich mal einer, der nicht mit erhobenem Zeigefinger herumfuchtelt, sondern sich mit ihnen auf gleicher Augenhöhe befindet.

Wie kaum ein anderer hat es der Antipädagoge vermocht, Ironie und Skepsis mit gesundem Menschenverstand abzuschmecken und als gesundheitsförderndes Hauptgericht zu servieren.

?

Wie heißt der Literat, dem dieser psychologische Spagat gelungen ist?

32

Der Schutzheilige aller in der Welt Versprengten

Liebe Leser, stellen Sie sich vor, Sie räkeln sich entspannt in Ihrem kuscheligen Lieblingssessel. Auf Ihren angewinkelten Knien liegt ein Buch. Schon lange haben Sie sich auf diesen genussvollen Moment des ungestörten Lesens gefreut. Der Protagonist des Romans ist Buchhalter in einem großen Ölkonzern. Jeden Morgen geht er pünktlich um 9 Uhr ins Büro. Jeden Abend kehrt er heim, meist so gegen 17 Uhr, zärtlich begrüßt von seiner Ehefrau. Die Sprösslinge, ein 14-jähriger aufgeweckter Junge, und ein 17-jähriges Mädchen, ebenso anmutig wie die Mutter, sind außergewöhnlich pflegeleicht. Jedes Jahr halten sie ihren vor Stolz fast platzenden Eltern exzellente Zensuren unter die Nase. Die Kinder rauchen nicht, halten sich fern von Wettbesäufnissen und räumen klaglos zweimal am Tag ihre Zimmer auf. Und so geht es immer weiter. Auf jeder Seite. Es dauert nicht lange, bis Ihre Arme erschlaffen, das Buch verstört zu Boden plumpst und Sie in die erste verdiente Tiefschlafphase gleiten. Langeweile pur!
Das hat auch ein in Galizien geborener und in Nürnberg aufgewachsener Sohn jüdischer Einwanderer frühzeitig erkannt. Mit einer doppelten Dosis Friede, Freude, Eierkuchen auf jeder Buchseite wäre das sich leidlich über die Runden schlängelnde Buchdruckergewerbe schon längst

ausgestorben. Der Kleist-Preisträger und zeitweilige Präsident des deutschen PEN wusste, auf was die Leser höchst ungeduldig warten: Hurerei, Ehebruch, Psychoterror, Verlassenwerden, Ausweglosigkeit und Leichen, aus denen das Blut tropft. Genau das waren die Zutaten zu seinem 1929 erschienenen Buch »Ein ausschweifender Mensch«:
Ein junger Mann aus einer dekadenten Familie (der Vater hat ein Verhältnis mit der Wirtschafterin, seine Gattin und die Töchter verkaufen dafür ihre fleischliche Liebe gewerbsmäßig) sucht seinen eigenen Weg in die Freiheit. Eine Freiheit, in der ihm niemand vorschreibt, was er zu tun oder zu lassen hat.

Wie kommen nur die vielen nackten Mädchen in mein Leben?,

fragt sich der Romantaugenichts verwundert, nachdem er in die Rolle eines Frauenhelden geschlüpft war. Er verlässt seine im Waisenhaus aufgewachsene Geliebte. Sie wird von seinem Vater verführt und schießt sich daraufhin, erst 22-jährig, eine Kugel durch den Kopf. Das ist der Stoff, aus dem das pralle Leben quillt.
Der große Erfolg seiner Romane »Der Scharlatan« und »Glückliche Menschen« verschafft dem meist in verrauchten Kaffeehäusern schreibenden Autor eine einträgliche Stelle als literarischer Leiter des Gustav-Kiepenheuer-Verlages. Selbst die schriftstellerischen Konkurrenten wie Erich Kästner, Joseph Roth und Thomas Mann sparen nicht an Lob für den talentierten Kollegen. Aber nicht nur literarische Lorbeeren werden ihm zuteil. Nicht weniger bekannt wird er als »Schutzheiliger aller über die Welt Versprengten«. So nennt ihn sein Freund Stefan Zweig, nachdem der inzwischen in die USA emigrierte Galizier lebensrettende

Visa für ebenfalls von den Nationalsozialisten verfolgte Künstler und Literaten vermittelte.
Nach seiner Rückkehr aus den Staaten nach Europa gehörte der mit dem Büchner-Preis ausgezeichnete Autor nicht zu denjenigen, die schworen, niemals mehr im Leben ihren Fuß auf deutschen Boden zu setzen. Er war frei. Frei in seinen Entscheidungen. Vorwiegend in Rom lebend, reiste er häufig in die Bundesrepublik. Er wurde korrespondierendes Mitglied der Deutschen Akademie für Sprache und Dichtung in Darmstadt. Den Kulturpreis der Stadt Nürnberg nahm er ebenso entgegen wie 1980 die Ernennungsurkunde seiner Heimatstadt zu ihrem Ehrenbürger. »Ich fühle mich in keiner Stadt der Welt so zu Hause wie in Nürnberg, und in keiner Stadt der Welt so fremd«, offenbarte der Weltbürger seine zwiespältigen Gefühle.
Als er 1996 in einem Altersheim in Basel starb, hatte der als Wegbereiter der Neuen Sachlichkeit Geltende fast ein ganzes Jahrhundert miterlebt, mit all seinen Katastrophen und Blütezeiten, wie sie sich seit Urzeiten unablässig wiederholen. Und über die Rolle der ungefragten Hauptdarsteller auf dieser geheimnisvollen Weltenbühne hat sich der Literat noch kurz vor seinem Tod recht konkrete Gedanken gemacht:

Du zahlst die Zeche. Man schließt das Lokal.
Schon morgen sitzt, wie Kirschen frisch,
Ein neuer Gast an deinem Tisch
Und schillert von Leben wie ein Opal.

?

Wie hieß der Wegbereiter der Neuen Sachlichkeit?

34

Die frühe Dramatikerin

Atemlos starren die Zuschauer auf das Seil. Würde die Seiltänzerin es schaffen, das andere Ende zu erreichen, ohne abzustürzen? Mit größter Vorsicht tastet sie mit dem linken Fuß nach dem straff gespannten Seil. Ihre Hände umklammern krampfhaft den heftig auf und ab wippenden Balancierstab. Da passiert es: Sie verliert ihr Gleichgewicht, rutscht ab und stürzt zu Boden. Ein Entsetzensschrei gellt aus den Kehlen der Zuschauer. Das Grauen reißt sie von ihren Sitzen. Mit zerschmetterten Gliedern liegt die Artistin am Boden und stirbt. Sekunden später blinzelt sie erwartungsvoll: »War ich gut?« »Du warst himmlisch!«, bestätigt die 13-jährige Regisseurin und spätere oberschwäbische Volksdichterin.

Die in Leutkirch geborene Schriftstellerin entdeckte schon früh ihr Talent. Der Apfelschuss aus dem Wilhelm Tell, der sie ungemein faszinierte, war auch der Startschuss für ihre eigenen Schreibversuche. Nachdem ihr die Schiller'schen Dramen jedoch zu sperrig erschienen für eine befriedigende Rollenbesetzung durch ihre Schulfreundinnen, schrieb sie selbst Theaterstücke. In einem rührseligen Zirkusstück, das auf dem verstaubten knarrenden Dachboden des elterlichen Hauses in Weingarten seine Premiere erfuhr, musste ihre jüngste Schwester in die Rolle der zu Tode gestürzten Seiltänzerin schlüpfen. Welch spannungsgeladene Dramaturgie konnten die ahnungslosen Nachbarskinder dabei miterleben! Doch die Poetin in spe fand diese unbeholfenen Kinderspiele bald langweilig. Sie ließ sich auf ein neues Abenteuer ein. Das Entdecken der Natur. In ihrem Rückblick »Mein Weg« schreibt sie:

> *Ich begann allein in dem kleinen Tobel umherzustreifen, der von unserer Wohnung in wenigen Minuten zu erreichen war. Dort blühten im Frühjahr Anemonen und Schlüsselblumen, und einmal, als die Sonne besonders mild und golden schien und die Bienen um die blühenden Weidenbüsche summten, warf ich mich, überwältigt von der Schönheit der Welt, auf die Erde nieder und fing zu weinen an.*

Ihre Neigung zu dramatischen Szenen kultivierte die Naturliebhaberin auch während ihrer Internatszeit in einer von strengen Ordensschwestern geführten Klosterschule. In dem Drama »Die Sternenjungfrau« lässt sie eine junge Nonne sich die Augen ausstechen, um ihre Reinheit zu retten. Etwas blutrünstig, wie die Autorin später selber einräumt.

Die Erschütterungen der Kriegsjahre – ihr Ehemann war zum Wehrdienst eingezogen worden und nach Ende des Krieges in Gefangenschaft geraten, ihre Wohnung in Ulm wurde bei einem Großangriff zerstört – hatten einen großen Einfluss auf die literarische Entfaltung der Oberschwäbin. »Sie gaben mir den Mut zur Aussage und den Sinn für die von der Persönlichkeit geprägte, gültige Form«, beschrieb sie selbst einmal diese nachhaltige Prägung der Kriegswirren.

Um ihren Erstlingsroman »Die Magd Juditha« endlich in Buchform vorliegen zu sehen, musste sich die Oberschwä-

bin erst einmal mit Dutzenden verdrießlichen Verlagsschreiben auseinander setzen, die da lauten: »Und müssen wir Ihnen leider mitteilen, dass Ihr geschätztes Manuskript nicht in unser Verlagsprogramm passt.« Selbst zehn Jahre Verlagssuche entmutigten die Dichterin, die mit einer Arbeit über Marie von Ebner-Eschenbach promoviert hatte, keineswegs. Erst als das »Stuttgarter Tagblatt« einen Vorabdruck des Romans brachte, meldete sich auch ein Verlag. – Für viele, nach Bestsellern lechzende Literaten wird dies wohl ein Ansporn sondergleichen sein. Durchhalten und hoffen. Hoffen und durchhalten.
Mit den nachfolgenden Werken lief es dann schon etwas flotter. Die Romane »Beatrix von Schwaben«, »Der klingende Berg« und »Die Truchsessin« fanden nicht nur bei den Verlagen, sondern auch bei Schriftstellerkollegen Anklang. Martin Walser, ebenfalls ein Oberschwabe, bewunderte in der Leutkircherin die glücklich austarierte Spannung zwischen gegendkonformer Gläubigkeit und emanzipationsbereiter Weltzugewandtheit. Seine Wertschätzung hielt er in einem Gedicht fest. Und Gedichte schreiben war auch für die zweifache Mutter ein existenzielles Anliegen. Sie gerieten so gut, dass selbst Hermann Hesse sie lobend erwähnte.

?

Wie heißt diese oberschwäbische Dichterin?

41

Die Wanderin zwischen den Welten

Sind Sie eitel? Haben Sie etwa schon einmal geschummelt bei der Angabe Ihrer lustvoll oder weniger lustvoll verbrachten Lebensjahre? Dann befinden Sie sich in bester Gesellschaft mit der folgenden Dichterin.

Sie wurde 1901 in Czernowitz, im heutigen Rumänien, geboren, gab aber als Geburtsjahr meist 1907 an. Bitterarm waren ihre jüdischen Eltern. Um diesem tristen Hungerleiderdasein zu entfliehen, emigrierte sie mit 20 Jahren zusammen mit einem jungen Mann in das gelobte Land: die Vereinigten Staaten von Amerika. Obwohl sie dort ihren Begleiter aus der Heimat heiratete, ließ sie in der Neuen Welt das Heimweh nicht los. Nach einigen Jahren kehrte sie zurück nach Europa und studierte Philosophie und Literaturwissenschaft.

Ihr erster Gedichtband »Der Regenbogen« erschien 1939. Aber die Karriere der viel versprechenden Dichterin wurde jäh unterbrochen. Wieder in ihren Geburtsort Czernowitz zurückgekehrt, wurde sie erbarmungslos von den Nazis verfolgt. Es begann eine demütigende, kräftezehrende Zeit, in der sie sich in kalten, feuchten Kellern verstecken musste. Sie überlebte. Nach dem Ende des Zweiten Weltkrieges emigrierte sie erneut in die USA. Mitte der

1960er Jahre zog es sie jedoch wieder zurück in die Alte Welt. Sie wählte Düsseldorf als ihr neues Domizil.
Die Narben, welche die Nazigräuel in ihrer Seele hinterlassen hatten, drängten sie dazu, die einstige unerträgliche Realität in eine dichterische Sprache zu übersetzen, für die sie ihr ureigenstes Vokabular erfand. Eine Sprache des Schmerzes, des Mahnens und des Überlebenwollens. Fast 30 Jahre nach ihrem ersten Gedichtband erschien ihr zweites Werk »Blinder Sommer«, gefolgt von »36 Gerechte«, »Inventar« und weiteren Lyrikbänden. Daraufhin wurde sie Ehrenmitglied der PEN-Schriftstellervereinigung. Aus »Im Atemhaus wohnen« stammt dieser ergreifende Text:

Noch bist du da.
Wirf deine Angst in die Luft. Bald ist deine Zeit um.
Bald wächst der Himmel unter dem Gras, fallen deine Träume ins Nirgends.
Noch duftet die Nelke, singt die Drossel.
Noch darfst du lieben, Worte verschenken.
Noch bist du da. Sei, was du bist. Gib, was du hast.

Auf die poetischen Luftschlösser, welche die große Lyrikerin während der schrecklichsten Zeit ihres Lebens vor der Verzweiflung bewahrt hatten, musste sie wieder zurückgreifen, um ein jahrelanges Siechtum ertragen zu können. Geprägt von Verfolgung, Ghetto und Heimatlosigkeit, verweigerte ihr Körper seine gewohnten Funktionen. Krank und hilflos, ans Bett gefesselt, wurde die Wanderin zwischen den Welten in einem kleinen Zimmer des Nelly-Sachs-Altersheims in Düsseldorf liebevoll gepflegt. Ende der 80er Jahre fand die Dichterin auf dem jüdischen Friedhof in Düsseldorf ihre letzte Ruhe.

Wie heißt die berühmte Droste-Preisträgerin?

2

Erstklassige Tipps zur Kindererziehung

Ist Ihr Sprössling so hervorragend geraten, wie Sie es sich in Ihren geheimsten Träumen ausgemalt haben? Vermutlich strotzt er nur so vor gesundem Selbstvertrauen und aus seinem Mund sprudeln kluge, geistvolle Weisheiten, sodass anzunehmen ist, er wird es zumindest einmal bis zum Bundespräsidenten oder sogar zur Bundeskanzlerin bringen.

Wenn Sie all diese Premium-Qualitäten an Ihren Kindern nicht entdecken können, dann haben Sie etwas verkehrt gemacht. Sie haben schlicht und einfach die falschen Erziehungsbücher gelesen. Denn um solche Prachtexemplare an Nachkommen aus Ihrem trauten Heim zu entlassen, hätten Sie regelmäßig Ihrem Partner in Gegenwart Ihres Kindes widerwärtige Grobheiten an den Kopf werfen müssen. Sie hätten nichts unversucht lassen dürfen, bei schwelenden Konflikten den Kleinen auf Ihre Seite zu ziehen und mit ihm geheimbündlerische Allianzen zu schmieden. So, oder so ähnlich, sieht es die in Karlsruhe geborene adlige Schriftstellerin in ihrem Buch »Orte«:

Die größte Sünde, die ich an meinem Kind begangen habe, war die Liebe zu meinem Mann, das Ein-Herz-und-eine-

Seele-Sein. Dies ist der Grund, warum ich immer behaupte, eine schlechte Ehe sei für Kinder, besonders für Einzelkinder, vorzuziehen. Da wissen sie doch, an wen sie sich zu halten haben. Die Verschwörung eines sich immer einigen Ehepaares hingegen macht das Kind klein und hilflos, macht, dass es sich vor Eifersucht verzehrt. »Ihr haltet auch immer zusammen«, hat meine Tochter, vierjährig, einmal gesagt und hat sich umgedreht und mit dem Fuß aufgestampft. Wir beide werden dazu auch noch gelacht haben. Wenn ich an die Einsamkeit des Kindes denke, wird mir übel zumute.

Dieser Auszug aus den autobiografischen Aufzeichnungen der vielfach ausgezeichneten Literatin ist durchaus dazu gedacht, vor Glückseligkeit blubbernde Ehepaare mit einem Einzelkind zum Nachdenken anzuregen. Die Autorin war Mitglied im erlauchten Kreis des PEN. Für ihre Werke, wie den 1951 erschienenen Erzählband »Das dicke Kind und andere Erzählungen«, den Lyrikband »Totentanz und Gedichte zur Zeit«, das Tagebuch »Tage, Tage, Jahre«, das Requiem »Rückkehr nach Frankfurt« und unzählige Hörspiele, wurde sie geradezu überschüttet mit Auszeichnungen. Sie erhielt nicht nur den Georg-Büchner- und den Hebel-Preis, sondern auch die Ehrendoktorwürde der Philosophischen Fakultät der Universität Frankfurt, an der sie Poetik lehrte. In ihren Nachkriegswerken wagte sie es, die Schrecken des Krieges zu thematisieren, obwohl der Zeitgeist eher auf Vergessen geschaltet war.
Nach dem Lyzeumbesuch arbeitete die Offizierstochter in München und in Rom als Buchhändlerin. Und hier, in der Ewigen Stadt, traf sie die große Liebe ihres Lebens, einen renommierten Archäologen. Ihm folgte sie erst nach Königs-

berg, dann nach Marburg, um dann erneut in der italienischen Metropole zu landen. Sie unternahm zahlreiche Studienreisen nach Griechenland, in den Orient und nach Nordafrika. Die Begegnung mit der Antike hinterließ einen großen Einfluss auf ihr literarisches Schaffen, wovon die Titel »Griechische Mythen« und »Die Umgebung von Rom« zeugen. Die Globetrotterin packte jedoch nicht nur sperrige Überseekoffer für außereuropäische Reisen, sondern auch kleine Reisetaschen für Lesungen nur mal um die Ecke.
Bei einem Literatentreffen in der Nordschweiz befiel die ehemalige Buchhändlerin ein leises Grauen, als sie im weitläufigen Park der dortigen psychiatrischen Klinik – damals noch ganz unbefangen Irrenanstalt genannt – den stumpfen glanzlosen Augen des russischen Tänzers Nijinsky begegnete. Das leichte Grauen steigerte sich zu erschüttertem Entsetzen, als bald darauf ein zermalmter Körper von den hinter der Klinik vorbeiführenden Bahngleisen geborgen wurde.
Es war jedoch nicht der einstmals gefeierte russische Tänzer, sondern der Sohn des literaturbegeisterten Klinikleiters, der voller Verzweiflung seinem jungen Leben ein Ende gesetzt hatte. Das war der Stoff, aus dem die Karlsruherin ihre Werke modellierte: Hintergründige menschliche Schicksale, die sie mit sparsamen Ausdrucksmitteln zu einfühlsamer Prosa gestaltete.

?

Welche ungewöhnliche Schriftstellerin gab ebenso ungewöhnliche Tipps zur perfekten Erziehung von Einzelkindern?

31

Der Schubladenliebhaber

Liebe Leser, natürlich ist es nachvollziehbar, dass gerade Sie sich entrüstet dagegen wehren, psychologisch in irgendeine Schublade gesperrt zu werden. Alle wissen, dass Ihr Persönlichkeitsprofil vielschichtig ist: Sie reagieren stets souverän, flexibel und situationsgerecht, ohne sich auch nur dem leisesten Verdacht einer »Fähnchen in den Wind«-Mentalität auszusetzen. Und plötzlich stürmt ein spöttelnder Literaten-Typ in Ihr geordnetes Leben und stopft Sie gnadenlos in eine seiner 50 Charakterschubladen, die er mit unverständlichen Etiketten versieht.
Ihr empörter Aufschrei erstirbt im donnernden Applaus des begeisterten Auditoriums bei der Verleihung des Literaturnobelpreises 1981, den der Laureat für genau diese grotesken, zuweilen surrealistisch anmutenden Charakterskizzen in »Der Ohrenzeuge – Fünfzig Charaktere« erhält. Und Sie als Leser müssen da durch! In irgendeine wohlfeile Kategorie müssen auch Sie einzuordnen sein, notfalls mit sanfter Gewalt. Darf es »Der Schönheitsmolch« sein, oder eher »Der Verlierer«, »Die Schadhafte«, »Der Mannstolle«? Oder ließen Sie sich vielleicht als »Die Granitpflegerin« abstempeln?

Die Granitpflegerin wäre reich geworden, aber da waren die Kinder. Jetzt sollen es die Kinder werden. Arbeit macht dumm, sagt sie ihnen täglich. Wer Verstand hat, lässt andere für sich arbeiten. Die Granitpflegerin schläft gut, weil sie weiß, dass sie nichts hergibt. Ihre Türe bleibt geschlossen. Ihr kommt kein Mann über die Schwelle. Die hängen einem Kinder an und vergessen dann zu zahlen. Tüchtig sind sie auch nicht, sonst würden sie's nicht immer wieder probieren.

Der polyglotte Schriftsteller erhielt den begehrten Preis selbstverständlich nicht nur für seine Kurzprosa »Der Ohrenzeuge«, sondern für sein Gesamtwerk: Die soziologisch-philosophische Studie »Masse und Macht«, der Roman »Die Blendung«, die Dramen »Hochzeit« und »Komödie der Eitelkeit« sowie zahlreiche Essays und Autobiografien überzeugten die kritische Jury. Darüber hinaus bekam er weitere bedeutende Auszeichnungen wie den Georg-Büchner-Preis und den Großen Österreichischen Staatspreis. Die vielen Ehrungen trösteten den in deutscher Sprache schreibenden Literaten etwas über die geringe Resonanz hinweg, die seine Werke beim gemeinen Lesepublikum hervorriefen. Es war vor allem seine Studie »Masse und Macht«, von der er sich den großen Erfolg versprach. Die Demonstrationen nach der Ermordung Walther Rathenaus und Jahre später die Zusammenrottung der Massen vor dem brennenden Justizpalast in Wien hatten ihn zu diesem Œuvre inspiriert. Die realen Massen blieben davon unbeeindruckt, nur nicht das Nobelpreiskomitee.
Seine moralische Unerbittlichkeit gegenüber fatalen Zeitströmungen stand im krassen Gegensatz zu seiner ganz privaten Moral. Der Sohn einer wohlhabenden sephardischen jüdischen Kaufmannsfamilie flatterte berauscht von Blüte zu Blüte, mit Namen Marie-Louise, Frieda, Iris und vielen an-

deren. Seine Frau Veza, die seine schriftstellerische Tätigkeit rückhaltlos unterstützte, tolerierte die zahlreichen Affären. Da das ungleiche Gespann meist in getrennten Wohnungen lebte, blieben Veza demütigende Peinlichkeiten erspart. Eigentlich interessierte ihn nur das Eine: Menschen in ihrer widersprüchlichen Mannigfaltigkeit. Nach dem Einmarsch Hitlers in Österreich emigrierte das Paar nach England und erwarb Anfang der 1950er Jahre die britische Staatsbürgerschaft.

Amors Pfeil traf die in Bulgarien gebürtige »Giftspritze« (diese wenig schmeichelhafte Titulierung aufgrund von verletzenden Bloßstellungen einiger Zeitgenossen musste er einstecken) noch einmal tief und heftig. In der Schweiz hatte er die junge Kunstrestauratorin Hera kennen und lieben gelernt. Nach dem Tode seiner Frau Veza heiratete er erneut und siedelte nach Zürich über. Er befand sich schon im Rentenalter, als er eine kleine Johanna in seinen Armen hielt, sein einziges Kind. Jedoch war die Idylle nur von kurzer Dauer. Hera starb sechs Jahre vor ihrem Mann an Krebs.

Sollten Sie sich in den Kopf gesetzt haben, alle Werke dieses Nobelpreisträgers lesen zu wollen, dann müssen Sie bis zum Jahr 2024 durchhalten. Denn erst zu diesem Zeitpunkt werden die privaten Tagebücher und die Korrespondenz des bulgarischen Exzentrikers zur Veröffentlichung freigegeben – er hatte nämlich für diesen Teil seines Nachlasses eine 30-jährige Publikationssperre angeordnet.

?

Wer erhielt 1981 den Nobelpreis für Literatur?

11

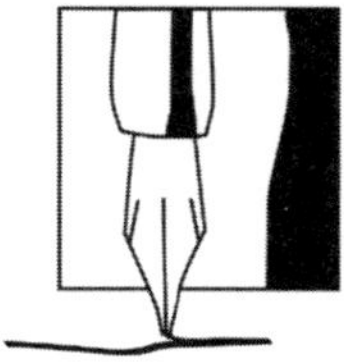

Der Gourmet

Verdrossen starrte er auf die in mehrere schmale Stifte gespaltene Karotte. Sie wurde höchst dekorativ eingerahmt von zwei elfenbeinfarbenen Blumenkohlröschen und mehreren blassgrünen Gurkenscheiben, auf denen ein keckes Petersiliensträußchen thronte. Lustlos spießte er das kleinere der Möhrenstäbchen auf eine Gabel. Dann streckte er es geradezu vorwurfsvoll der ihm gegenübersitzenden Dame vor die matt gepuderte Nase und seufzte resignierend: »Für den Wucherpreis, den sie uns hier für dieses schwindsüchtige Rübli abknöpfen, könnten wir uns in einer Kneipe in der Altstadt mit zartem Rinderfilet und knackigen Kroketten voll stopfen!«

So oder so ähnlich wird er geknurrt haben, der schriftstellernde Gast aus der Schweiz. Es ist unwahrscheinlich, dass der Dichter während seiner Abmagerungskur im März 1982 in einer süddeutschen Schlankheitsklinik auch nur irgendeine erbauliche Zeile zu Papier gebracht hat. Oder können Sie sich vorstellen, dass Sie bei der täglichen Zufuhr von nur einem halben, wenn auch butterzarten Kohlrabi, fünf gertenschlanken Möhren, einem Liter einschläfernden Malventee und einer Karaffe voll dünner Gemüsebrühe so erfolgreiche Werke schreiben könnten, wie »Stiller«, »Mein Name sei Gantenbein«, »Der Mensch erscheint im Holozän« oder

»Blaubart«? Ich mache jede Wette, dass Sie mit dieser spartanischen Magenfüllung nicht einmal Ihre Steuererklärung zustande bringen würden, geschweige denn, das Finanzamt zu beschummeln. Der Kuraufenthalt war ein voller Erfolg.

Einige Jahre zuvor, noch orientierungssuchend, hatte der in Zürich geborene Wortkünstler sein Germanistikstudium abgebrochen, um sich für Architektur an der Eidgenössischen Technischen Hochschule Zürich zu immatrikulieren. Mit dem Diplom in der Tasche gründete er ein eigenes Architekturbüro und baute das Städtische Freibad am Letzigraben in Zürich. Seine schriftstellerischen Erfolge veranlassten ihn jedoch bald darauf, sich ganz dem Schreiben zu widmen. Was ihn nicht daran hinderte, rückfällig zu werden, um seinem Verleger Siegfried Unseld ein Wohnhaus zu entwerfen.

Die Liste seiner literarischen Auszeichnungen ist schwindelerregend lang. Stellvertretend seien hier der Georg-Büchner-Preis, der Literaturpreis der Stadt Zürich und die Verleihung des Friedenspreises des Deutschen Buchhandels genannt.

Der Doppelbegabte war verliebt in das Leben. Er war ganz heiß darauf. Den Protagonisten seines Romans »Homo faber« lässt er nach der Entdeckung, dass er vermutlich an Krebs erkrankt ist, sinnieren:

> *Ich werde nicht zugeben, dass die Schmerzen wieder kommen, stärker denn je. Das sagt man so: Wenn ich wüsste, dass ich Magenkrebs habe, dann würde ich mir eine Kugel in den Kopf schießen. Ich hänge an diesem Leben wie noch nie, und wenn es nur ein Jahr ist, ein elendes, ein Vierteljahr, zwei Monate!*

Ferne fremde Länder verleiteten den herausragenden Literaten zum Reisen. Schöne, blitzgescheite Frauen lockten ihn in vergängliche Beziehungen und kreative Vielsterneköche ließen seinen nur schwach ausgeprägten Widerstand gegenüber raffinierten kulinarischen Genüssen dahinschmelzen wie die Frühjahrssonne letzte schmuddelige Schneereste. Ob die vitaminreichen Karotten und die fade Gemüsebrühe während der »Speck-weg-Aktion« dem Eidgenossen wohl die Lebenszeit verlängerten? Tatsache ist, dass neun Jahre nach der freiwilligen Hungertortur alle gesundheitsfördernden Langzeiteffekte aufgebraucht waren. Nicht im Krankenhaus, sondern in seiner Wohnung in Zürich stirbt einer der erfolgreichsten Schriftsteller der Schweiz.

?

Wie heißt der berühmte Schweizer Architekt?

17

Die Unerschrockene

Liebe Leserinnen, gelüstet es Sie danach, Bundespräsidentin der BRD zu werden? Eine echte First Lady im Lande zu sein und nicht etwa nur dekoratives und karitativ tätiges Anhängsel des amtierenden Bundespräsidenten? Wenn Sie ökologisch orientiert sind und von Ihren Kritikern etwas hämisch als »feministische Krawallschachtel« bezeichnet werden, haben Sie bis zum etwas fortgeschrittenen Alter von 73 Jahren die Chance, von den »Grünen« für diesen Job nominiert zu werden. Vielleicht haben Sie mit Ihrer Kandidatur mehr Glück als 1984 eine der bekanntesten deutschen Schriftstellerinnen.

Wegen ihrer Hinwendung zu religiösen Themen und gelegentlich schwärmerischer Idealisierung von Liebesbeziehungen galt sie einigen als Erbauungsliteratin. Wäre sie zur Bundespräsidentin gewählt worden, hätte sie sich ein riesiges Problem eingehandelt. Wen hätte sie als verwitwete und mehrfach geschiedene ehemalige Volks- und Berufsschullehrerin als First Gentleman, also den Mann an ihrer Seite, präsentieren sollen? Mit diesem Dilemma wurde die Schriftstellerin jedoch nicht konfrontiert, denn die Bundesversammlung verschmähte sie und wählte stattdessen Richard von Weizsäcker.

Zu diesem Zeitpunkt lag schon ein bewegtes Leben hinter der

aus Pitzling in Oberbayern stammenden Literatin. Ein Jahr nachdem ihr Ehemann an der Ostfront gefallen war, wurde sie von den Nazis verhaftet. Es drohte ihr die Todesstrafe, weil sie heimlich den Radiosender BBC gehört und Soldaten aufgerufen hatte, sich nicht als Kanonenfutter verheizen zu lassen. Allein der rechtzeitigen Befreiung durch die Amerikaner verdankte sie ihre Rettung. Diese Schreckenszeit verarbeitete sie in einem eindrucksvollen »Gefängnistagebuch«. Es brachte ihr den Ruf einer Widerstandskämpferin ein.
Ihre Scheinehe mit einem homosexuellen Freund, die sie eingegangen war, um ihn vor dem Konzentrationslager zu retten, wurde ebenso aufgelöst wie die fünfjährige Ehe mit dem depressiven und exzentrischen Komponisten Carl Orff, den sie 1953 geheiratet hatte. Die Zeit an der Seite des Genies und Dämonen bezeichnete sie später als Hölle.
Die Leser vergötterten die begabte Schreiberin von »Frauenliteratur«, wie sie von ihren Kritikern genannt wurde. Bis ins Innerste aufgewühlt, scheuten ihre Anhänger selbst den weiten Weg nach Rom nicht, ihrem jahrelangen Domizil, um ihr Idol zu sehen, das so zeitlose Bücher schrieb wie »Jan Lobel aus Warschau« und »Mitte des Lebens«. In Letzterem schildert die Autorin eindrucksvoll, wie die lebenshungrige Titelheldin Nina versucht, selbst ihr Leben zu bestimmen:

> *Das alles kann uns doch nicht genügen: studieren, essen, schlafen und einen Beruf haben und heiraten und Kinder bekommen, was ist das alles? Man gewöhnt sich daran und dann redet man sich vor, es habe Sinn. Ja, möglicherweise hat es einen Sinn für den, der nichts anderes braucht und kennt. Aber wie soll ich damit zufrieden sein? Ich weiß aus Büchern, dass es herrliche Augenblicke im Leben gibt, man sagt: in der Liebe, oder wenn man ein Kind geboren hat,*

oder wenn man eine Wahrheit gefunden hat, aber das alles dauert ja nicht ... Das, nein, das genügt mir nicht.

Mehr als 30 Romane, Erzählungen, Essays und Tagebücher brachte die Vielschreiberin in Umlauf. Ausgedehnte Reisen nach Amerika, Osteuropa, in den Mittleren und Fernen Osten regten sie dazu an, Reiseberichte zu schreiben. Selbst im hohen Alter nahm sie noch die Strapazen einer Flugreise auf sich. Zu der Feier anlässlich ihres 90. Geburtstags im Münchener Literaturhaus war sie von Italien mit dem Flugzeug angereist, stürzte beim Verlassen auf der Rolltreppe jedoch so unglücklich, dass sie an der Ehrung nicht teilnehmen konnte. Was sie jedoch nicht davon abhielt, bei einem Interview auf die Frage, was sie von der heutigen Literatur halte, lakonisch zu bemerken: »Das alles interessiert mich nicht mehr. Ich bereite mich auf das Sterben vor.« Nach dieser abgeklärten Aussage gestattete ihr der rätselhafte kosmische Strippenzieher noch ein knappes Lebensjahr, bevor sie sich auf den Weg machte, das unergründliche Sein oder Nichtsein zu erkunden.
Die Literatin, die sich lautstark sowohl für die Friedensbewegung als auch für benachteiligte Minderheiten, wie Sinti und Roma, eingesetzt hatte, starb in einem Seniorenstift in Unterhaching bei München. Tausende betrauerten den Tod der mutigsten »Krawallschachtel« Deutschlands.

?

Welche Schriftstellerin hätte es beinahe geschafft, die erste Bundespräsidentin der BRD zu werden?

46

Der Mann mit der Baskenmütze

Haben Sie schon einmal am Ostersonntag, nachdem auch das letzte, vermeintlich gut versteckte Osterei aufgestöbert worden ist, einen Weihnachtsbaum aufgestellt? Dann die roten Kerzen angezündet und im Kreise der gerührten Familie ein feierliches »Stille Nacht ... Oh wie lacht ...« angestimmt! Noch nie? Schätzen Sie sich glücklich, die Götter sind Ihnen gewogen!
Sie scheinen offensichtlich nicht mit einer seelisch verkorksten Tante Milla unter einem Dach wohnen zu müssen, die sich seit dem letzten, harmonisch gefeierten Christfest hartnäckig weigert, auf das allabendliche Absingen der vertrauten Weihnachtslieder zu verzichten. Im Hochsommer beginnt langsam die Front um Tante Milla zu bröckeln und die Abneigung der Familienmitglieder, zwischen »Ihr Kinderlein kommet ...« und »Oh, du fröhliche ...« an steinharten Pfeffernüssen und leicht ranzig schmeckenden Mandelspekulatius zu knabbern, wächst und wächst.
Sollte ein solcher Albtraum für Sie Realität werden und Sie aus purer Gutherzigkeit Ihre Tante nicht in einer psychiatrischen Anstalt verschwinden lassen wollen, dann gibt es nur eine verblüffende Lösung, damit Sie nicht selbst dort landen. Und welche, die verrät Ihnen ein Nobelpreisträger

für Literatur in seiner Satire »Nicht nur zur Weihnachtszeit«.
Der in eine streng katholische Familie hineingeborene Literat gehörte nicht zu der Garde der Humoristen. Er zählte zu den »Trümmerliteraten«: eine Spezies, die sich dazu verpflichtet fühlte, über Kriegs- und Nachkriegsereignisse realistisch zu schreiben. Trotz einer Ehrenrunde am Kaiser-Wilhelm-Gymnasium in Köln und einem »Genügend« in Deutsch studierte der Sohn eines begüterten Tischlermeisters einige Monate Germanistik und klassische Philologie. Dann wurde er zur Armee eingezogen. Seine Erfahrungen im Krieg und in einem britischen Gefangenenlager vertieften sein schon in der Schule entwickeltes Bedürfnis nach Gleichheit und Brüderlichkeit. Nüchtern und ohne gefühlsduseliges Pathos berichtete er in seinen Büchern vom Überlebenskampf des kleinen Mannes während des Zweiten Weltkrieges und in den Wirren danach.
In »Ansichten eines Clowns« stach der 1972 mit dem Nobelpreis für Literatur ausgezeichnete Kettenraucher in ein Wespennest und löste heftigste Diskussionen aus. Die bürgerlich-katholische Gesellschaft sah sich ihrer schützenden Hülle beraubt, nachdem er schonungslos ihre Moral und ihren Lebensstil seziert hatte. Jahre später folgte sein Austritt aus der katholischen Kirche.
Das größte Aufsehen erregte jedoch seine verfilmte Erzählung »Die verlorene Ehre der Katharina Blum«: Es ist die leidenschaftlich geführte Abrechnung mit einer überregionalen deutschen Tageszeitung, die eine Hetzkampagne gegen den Literaten inszeniert hatte. Der kleine David war so dreist gewesen, dem großen Goliath eine unsachliche und rufmordende Berichterstattung über die terroristischen Aktionen der Baader-Meinhof-Gruppe vorzuwerfen. Die Folge: Er

wurde als Sympathisant der Baader-Meinhof-Gruppe eingestuft und musste dadurch resultierende Hausdurchsuchungen über sich ergehen lassen. Diese persönliche Bloßstellung verletzte ihn tief. Eine späte Genugtuung für den meist Baskenmützen tragenden Literaten: An vielen deutschen Schulen liegt das Buch der Katharina Blum heute als Pflichtlektüre auf dem Pult.

Über mehrere Jahre hinweg verbringt der ehemalige Präsident des deutschen PEN mit seiner Familie die Sommer in einem Cottage in Irland. Zeitweise liebäugelt er sogar damit, dieses Rückzugsgebiet im Norden als Dauerwohnsitz zu wählen. Aber er entscheidet sich anders. Trotz heftigster Kritik an den Medien in seinem Heimatland bekennt er, wo er sich zu Hause fühlt: »Die Bundesrepublik Deutschland ist das Land, in dem ich leben möchte!«

?

Wie heißt dieser Schriftsteller und Ehrenbürger der Stadt Köln?

5

Der unscheinbare Herr Möbius

Jedermann kann nachempfinden, welch große Freude es bereitet, sich für die Familie zu opfern. Aber wären Sie genauso opferbereit, wenn es gälte, die Welt vor dem Untergang zu retten? Solche Typen gibt es tatsächlich!
Einstein kratzt zum x-ten Mal auf seiner Geige das »Liebesleid« von Kreissler, König Salomon schwafelt verklärt von seinem einstmaligen riesenhaften Reichtum und Sir Isaac Newton sinniert dem vom Baum heruntergefallenen Apfel nach. Gebündelte Geisteskraft, versammelt in einer Irrenanstalt.
Möbius, ein genialer Physiker, hat die Weltformel erfunden und damit auch das Werkzeug, den gesamten Erdball in die Luft zu pusten. Unter Vortäuschung einer Geisteskrankheit hat er sich in die »Obhut« einer psychiatrischen Anstalt begeben. Er gibt sich als König Salomon aus und glaubt, damit seine brisanten Entdeckungen innerhalb der Mauern des Irrenhauses in Sicherheit gebracht zu haben. Der Retter der Welt. Mit ihm auf derselben Krankenstation befinden sich Einstein und Newton, ebenfalls verrückt. Beide sind jedoch Spione der sich feindlich gesinnten Großmächte, die für ihre jeweiligen Auftraggeber die Superformel herbeischaffen sollen. Notfalls mit Waffenge-

walt. Drei Krankenschwestern entdecken die Normalität der Insassen und verknallen sich in sie. Mit fatalen Folgen. O-Ton Einstein:

> *Da erdrosselte ich sie. Die arme Schwester Irene. Es gibt nichts Unsinnigeres auf der Welt als die Raserei, mit der sich die Weiber aufopfern.*

Dasselbe Schicksal erleiden auch Dorothea und Monika. Aber ist die Superweltformel nach dem erfolgreichen Entsorgen der Mitwisserinnen auch wirklich diebstahlsicher? Eine verblüffende Entwicklung bahnt sich an …

Passen drei Leichen in eine Komödie? »Aber ja«, sagte der Autor. Er bestand darauf, die groteske Darstellung, die durchaus Wirklichkeit werden könnte, in diese Kategorie einzuordnen. Nur in einer Komödie wird das Unerträgliche erträglich. Als er »Die Physiker« schrieb, stand die Welt am Rande eines Atomkrieges. Die Kubakrise drohte zu eskalieren. Anders als seine deutschen Kollegen, die stets das Erbe des Holocaust schultern mussten, war dem Schweizer das Privileg vergönnt, mögliche weltumspannende Katastrophen aus einer globalen Perspektive betrachten zu können. Er durfte seine Feder tiefer in das Tintenfass tauchen als die Betrachter jenseits der Landesgrenzen.

Einen ebenso außergewöhnlichen Erfolg wie mit diesem brillanten Theaterstück konnte der in Konolfingen im Kanton Bern geborene Schriftsteller für den »Besuch der alten Dame« verbuchen. Die knallharte Abrechnung einer alten Frau mit ihrem Jugendfreund, der sie einst hatte sitzen lassen, nachdem sie ein Kind von ihm erwartete, war jahrelang der große Renner an deutschsprachigen Theaterbühnen.

Der zweimal verheiratete Dramatiker hatte einst die Schule gehasst. Er fiel eher auf durch schlechte Noten und ungebührliches Verhalten gegenüber den Lehrern, als durch gute Zensuren. Trotz allem schaffte er das Abitur, das ihm anschließend das Studium der Philosophie, Naturwissenschaften und Germanistik ermöglichte.
Das literarische Repertoire des Schweizers umfasste Hörspiele, Krimis, wie z. B. »Der Richter und sein Henker«, Erzählungen, Essays und Theaterstücke. Und der Theaterarbeit, der er sich zeitweise sogar hauptberuflich widmete, galt seine große Liebe. Internationale Auszeichnungen sammelte er zuhauf. Der Mannheimer Schillerpreis, die Buber-Rosenzweig-Medaille und der Georg-Büchner-Preis seien hier stellvertretend für weitere Ehrungen genannt.

?

Welcher Literat ließ in einem Theaterstück reihenweise Krankenschwestern abmurksen?

12

Die emanzipierte Schönheit

Liebe Leserinnen, Sie gehören zu den chronisch Bindungsunwilligen, die nicht im Traum daran denken, ihre sorgfältig geplante Karriere aufzugeben? Sie machen einen großen Bogen um jede verlockende Einladung eines ernsthaften Antragstellers, regelmäßig seine müffelnden Socken zu waschen, seine zerknitterten Hemden zu bügeln und seinen Kindern die ständig laufenden Rotznäschen zu putzen? Mit Ihrem durch nichts zu erschütternden Freiheitsdrang stehen Sie nicht alleine da. Sie haben eine Verbündete in einer der selbstbewusstesten Schriftstellerinnen des 20. Jahrhunderts.

Sie studierte Philosophie, Psychologie und Germanistik. Als Redakteurin und Lektorin beim Wiener Sender »Rot-Weiß-Rot« überkommt sie die große Lust. Die Lust, selbst zu schreiben. Ihr erstes Hörspiel »Ein Geschäft mit Träumen« verfasst sie 1952. Gleichzeitig versucht sie sich in einem weiteren Genre. Lyrik. Und die ist vom Feinsten:

Wohin wir uns wenden im Gewitter der Rosen,
ist die Nacht von Dornen erhellt,
und der Donner des Laubs,
das so leise war in den Büschen,
folgt uns jetzt auf dem Fuß.

Die Klagenfurterin promovierte über die kritische Aufnahme der Existenzialphilosophie Martin Heideggers. Ihren literarischen Durchbruch verdankte die Österreicherin 1953 einer Lesung vor der Gruppe 47, einer Intellektuellenbewegung in Niendorf/Ostsee. Die einfühlsame Fabulierkunst ihres Bandes »Die gestundete Zeit« traf auf empfangsbereite, empfindsame Ohren. Von ihr verfasste Hörspiele wie: »Ein Geschäft mit Träumen«, »Die Zikaden«, »Der gute Gott von Manhatten« berührten unzählige Menschen in ihrer tiefsten Seele. Begeistert wurde ihre Poesie aufgenommen. Die heiß begehrten literarischen Auszeichnungen im deutschsprachigen Raum sammelte sie wie andere Leute hübsch bemalte Zinnsoldaten. Eine kleine Auswahl: Literaturpreis der Stadt Bremen, Georg-Büchner-Preis, Großer Österreichischer Staatspreis für Literatur und Anton-Wildgans-Preis.
Immer wieder zog es die Österreicherin in den sonnigen Süden. Unter dem Pseudonym Ruth Keller arbeitete sie in Italien als politische Korrespondentin für die »Westdeutsche Allgemeine Zeitung«. Mit diesem zusätzlichen einträglichen Standbein konnte sie es sich leisten, das Leben einer freien und unabhängigen Schriftstellerin zu führen. Ihre literarischen Erfolge trugen dazu bei, zum korrespondierenden Mitglied der Deutschen Akademie für Sprache und Dichtung in Darmstadt gewählt zu werden.
Hübsch, gescheit und voller Poesie war die jüngste Gastdozentin für Poetik in Frankfurt. Eine ungewöhnlich attraktive Mischung. Für die Oper »Der Prinz von Homburg« und »Der junge Lord« von Hans Werner Henze schrieb sie die Texte. Vor allem in ihrem Roman »Malina« beschäftigte sie sich mit der Hilflosigkeit ihrer Geschlechtsgenossinnen in einer Welt, die von egoistischen, machthungrigen Männern

regiert wird. Wie kann sich eine Frau selbst verwirklichen, wenn der egozentrische Partner ihr einen Strich durch die Rechnung macht?
Die emanzipierte Autorin benutzte Schicksale und Handlungen, um sie zu übersetzen in eine Sprache der Bilder. Sie erzählen über Liebe und Hass, Verzweiflung und Hoffnung. All das, was den Menschen ausmacht. Sie ließ sich von nichts und niemandem festnageln. Auch nicht von Max Frisch. Fünf Jahre dauerte die wechselvolle, komplizierte Beziehung zu ihrem Berufskollegen.
Nach einem unsteten Leben in München, Zürich und in Rom starb die Literatin in der italienischen Metropole an den Folgen schwerster Verbrennungen. Nach ihrem Tode brodelte die Gerüchteküche. War es wirklich ein Unfall oder hat sie …? Nach wie vor schwebt ein Hauch des Mysteriums um ihre letzten Stunden. Ihr Name sorgt heute für glänzende Augen und euphorische Stimmung in Schriftstellerkreisen. Denn der nach ihr benannte Literaturpreis gilt als einer der begehrtesten im deutschen Sprachraum.

?

Wie heißt diese emanzipierte Poetin?

3

Der Unangepasste

Liebe Leser, was hassen Sie am meisten: weiß-blau geringelte Tennissocken, penetrante Dauerschwätzer oder Heringssalat mit schwarzem Trüffel? Einer der bedeutendsten österreichischen Schriftsteller der zweiten Hälfte des 20. Jahrhunderts wusste genau, was er am meisten hasste: die Dummheit.

Der in Heerlin in den Niederlanden als uneheliches Kind eines Dienstmädchens geborene Literat begann seine schriftstellerische Laufbahn mit dem Schreiben von Gedichten. In seinen Romanen, Dramen und kürzeren Prosastücken entwickelte er einen unverwechselbaren Stil, der manchem Leser gewöhnungsbedürftig erscheinen wird. Er operierte mit der Wiederholung von Wörtern beziehungsweise Wortgruppen, die er zu langen verschachtelten Sätzen orchestrierte – eine Technik, die Parallelen mit den Kompositionsmethoden der Barockmusik zeigt.

Sollten Sie im Übrigen die Absicht haben, ein Buch zu schreiben, dann versuchen Sie zur Übung einmal, auf einer einzigen Buchseite elfmal denselben Ausdruck zu verwenden und als Krönung Ihres Werkes einen Satz zu formulieren, der sich über zwei Buchseiten hinzieht, ohne dabei den Faden zu verlieren. Dem Georg-Büchner-Preisträger gelang dieses Kunststück mühelos – doch

nicht nur deshalb galt er als Enfant terrible der Literatur.
In dem Roman »Die Ursache« setzt er sich mit seinen eigenen traumatischen Erfahrungen in einem nationalsozialistischen Internat in Salzburg auseinander. Um die demütigenden Ohrfeigen des Direktors Grünkranz ertragen zu können, übt er das Geigenspiel in einer muffelig riechenden Schuhkammer. Es ist ein stinkender Zufluchtsort. Wann immer er ihn betritt, schwelgt er in Selbstmordphantasien. Nur die Gewissheit, mit der möglichen Selbstvernichtung seine ausweglose Lage jederzeit beenden zu können, lässt ihn durchhalten. Einige seiner Mitschüler jedoch halten nicht durch. Sie setzen ihre Verzweiflung um in grauenvolle Realität, ohne dass sich Direktor Grünkranz über die Ursache den Kopf zerbrochen hätte:

> *… während der Direktor mit seinen Gehilfen niemals und auch nicht in einem einzigen Falle auf eine solche ja immer auch äußerlich lange Zeit sich entwickelnde und zu beobachtende Phase der Vorbereitung zum Selbstmord aufmerksam geworden und dadurch von dem Selbstmord des Selbstmörders als Zögling naturgemäß immer vor den Kopf gestoßen war oder vorgegeben hatte, von dem Selbstmord des Selbstmörders als Zögling vor den Kopf gestoßen zu sein …*

Der Enkel des österreichischen Heimatschriftstellers Johannes Freumbichler überlebt diese schreckliche Zeit. Er besucht kurze Zeit ein Gymnasium, das er mit 15 Jahren entnervt abbricht, um eine Lehre in einem Lebensmittelgeschäft zu beginnen. Die große Katastrophe steht für ihn jedoch noch aus: Eine Rippenfellentzündung, aus der sich eine Tuberkulose entwickelt, bringt ihn mit 18 Jahren ins Sterbezimmer einer Klinik, da die Ärzte ihn bereits aufgegeben hatten. Diese dramatischen Erfahrungen mit dem Tod sollten für ihn ein Leben lang prägend sein. »Es ist alles lächerlich, wenn man an den Tod denkt«, sagte er anlässlich der Verleihung des Kleinen Österreichischen Staatspreises. Als sterbenskranker junger Mann lernte er die 35 Jahre ältere Hedwig Stavianicek kennen. Die von ihm als Lebensmensch bezeichnete Dame wurde seine Ersatzmutter und »Tante«.

Der Absolvent des Mozarteums in Salzburg schoss seine Giftpfeile auf alle ab: auf seine eigenen Landsleute, die er als apathisch und erbärmlich bezeichnete, aber auch auf Bruno Kreisky, Mutter Teresa und Albert Schweitzer, ebenso wie auf die Deutsche Akademie für Sprache und Dichtung.

Den großen literarischen Durchbruch erlebte er mit dem Roman »Frost«, in dem er eine scharfzüngige Attacke auf die österreichische Provinz mit ihrer feindseligen Bevölkerung fuhr. In die gleiche Kerbe schlug er mit dem Drama »Heldenplatz«. Die Aufführung dieses Stücks konnte nur unter Polizeischutz stattfinden. Höchst verwunderlich erscheint es, dass einer, der im eigenen Land als Nestbeschmutzer galt, von seinen Landesgenossen eine Unzahl von Preisen erhielt, wie den Anton-Wildgans-Preis, den Grillparzer-Preis und den Literaturpreis der Österreichischen Bundeswirtschaftskammer. Doch der Literat hatte auch langjährige Freunde, wie den Regisseur Claus Peymann, der einige seiner Werke auf die Bühne brachte.

Im Alter von 58 Jahren waren die biologischen Reserven des meist im oberösterreichischen Ohlsdorf lebenden großen Hassers der Dummheit – so nannten ihn die italienischen Medien – aufgebraucht. Auf eigenen Wunsch wurde er im

Grab seines »Lebensmenschen« beigesetzt. Der erfolgreiche Literat würde heute vor Wut ausrasten, wenn er erführe, wie die nach ihm benannte Stiftung sein testamentarisch angeordnetes Aufführungsverbot in Österreich umgeht. Sie gibt die Stücke einfach frei. Jede Annäherung des österreichischen Staates, die er ebenfalls strikt verboten hatte, wird dadurch umgangen, dass bei Gedenkveranstaltungen, die zu seinem Todestag stattfinden, keine Politprominenz teilnimmt.

?

Wie heißt dieser literarische Rebell?

4

Literaturverzeichnis

Arnim, Bettina von: Goethes Briefwechsel mit einem Kinde, 2003, Frankfurt

Ausländer, Rose: Im Atemhaus wohnen, 1981, Frankfurt

Bachmann, Ingeborg: Gedichte, Hörspiele, Libretti, Übersetzungen, 1978, München

Bernhard, Thomas: Die Ursache, 1977, München

Böll, Heinrich: Doktor Murkes gesammeltes Schweigen u. andere Satiren, 2000, Köln

Brecht, Bertolt: Gesammelte Werke, Band 4, 1982, Frankfurt

Büchner, Georg: Leonce und Lena, 2003, Ditzingen

Busch, Wilhelm: Sämtliche Werke, 2002, München

Canetti, Elias: Der Ohrenzeuge, 2005, Frankfurt

Döblin, Alfred: Berlin Alexanderplatz, 1997, München

Droste-Hülshoff, Annette von: Die Judenbuche, 2001, Ditzingen

Dürrenmatt, Friedrich: Die Physiker, 1998, Zürich

Ebner-Eschenbach, Marie von: Krambambuli, 2003, Weitra

Eichendorff, Joseph von: Aus dem Leben eines Taugenichts, 2005, Zürich

Fallada, Hans: Der Trinker, 1980, Rastatt

Fontane, Theodor: Effi Briest, 1986, Berlin/Weimar

Frisch, Max: Homo faber, 1980, Frankfurt

Goethe, Johann Wolfgang von: Goethes Werke, 1981, München

Grillparzer, Franz: Weh dem, der lügt, 2003, Ditzingen

Grimm, Jakob und Wilhelm: Grimms Märchen, 2005, Zürich

Hauptmann, Gerhart: Bahnwärter Thiel, 2003, Ditzingen
Hebel, Johann Peter: Schatzkästlein des Rheinischen Hausfreundes, 1981, Stuttgart
Heine, Heinrich: Die Gedichte, 1998, Hamburg
Herder, J.G. von: Sämtliche Werke, 1920, Karlsruhe (Gedicht auch in »Der ewige Brunnen«, Ein Volksbuch deutscher Dichtung, 1997, München)
Hesse, Hermann: Gesammelte Werke, Band 1, 1970, Frankfurt
Heyse, Paul von: Gesammelte Werke, 1924, Leipzig
Hölderlin, Friedrich: Sämtliche Gedichte, 2001, Frankfurt
Huch, Ricarda: Erinnerungen an das eigene Leben, 1980, Köln

Jacques, Norbert: Dr. Mabuse, der Spieler, 2004, Erftstadt

Kafka, Franz: Die Verwandlung, 2001, Stuttgart
Kaschnitz, Marie Luise: Orte, 1991, Frankfurt
Kästner, Erich: Ein Dichter gibt Auskunft, 2003, Zürich
Keller, Gottfried: Die Leute von Seldwyla, 1993, Zürich
Kesten, Hermann: Ein ausschweifender Mensch, 2000, Göttingen
Kleist, Heinrich von: Michael Kohlhaas, 2005, Frankfurt
Kolb, Annette: Daphne Herbst, 1997, Frankfurt

Lessing, Gotthold Ephraim: Das dichterische Werk, Band 2, 1979, München

Mann, Thomas: Tod in Venedig, 2000, Frankfurt
Mommsen, Theodor: Römische Geschichte, 2001, München
Mörike, Eduard: Mozart auf der Reise nach Prag, 2003, Stuttgart
Müller-Gögler, Maria: Die Magd Juditha, 1980, Sigmaringen

Paul, Jean: Werke in drei Bänden, 1986, München

Remarque, Erich Maria: Im Westen nichts Neues, 1998, Köln
Rilke, Rainer Maria: Die Gedichte, 1995, Frankfurt
Ringelnatz, Joachim: Sämtliche Erzählungen und Gedichte, 2003, Zürich
Rinser, Luise: Mitte des Lebens, 1986, Frankfurt
Roth, Eugen: Ein Mensch, 2004, Zürich
Rückert, Friedrich: Gedichte, 1988, Stuttgart

Sachs, Nelly: Flucht und Verwandlung, 1959, Stuttgart
Scheffel, Joseph Viktor von: Ekkehard, 2000, Lengwil
Schickele, René: Die blauen Hefte, 2002, Frankfurt
Schiller, Friedrich von: Sämtliche Werke, 2004, München
Schnitzler, Arthur: Meistererzählungen, 1981, Frankfurt
Schwab, Gustav: Die schönsten Sagen des klassischen Altertums, 2000, Stuttgart
Schweitzer, Albert: Ehrfurcht vor dem Leben, 1982, München
Spitteler, Carl: Olympischer Frühling, 1969, Zürich
Sternheim, Carl: Die Hose, 1995, München
Stifter, Adalbert: Der Nachsommer, 2005, Düsseldorf
Storm, Theodor: Gesammelte Werke, Novellen V, 1981, München

Thoma, Ludwig: Lausbubengeschichten, 1999, Rosenheim
Tucholsky, Kurt: Gruß nach vorn, 1989, Reinbek

Uhland, Ludwig: Werke, Band I, Sämtliche Gedichte, 1980, München

Walser, Robert: Romane und Erzählungen, Band 5, Leben eines Malers, 1984, Zürich

Zschokke, Heinrich: Abällino, der große Bandit, 1994, St. Ingbert
Zuckmayer, Carl: Meisterdramen, 1966, Frankfurt
Zweig, Stefan: Ungeduld des Herzens, 1980, Frankfurt

Autorenverzeichnis

1 Arnim, Bettina von, geb. Brentano (1785–1859)
2 Ausländer, Rose (1901–1988)
3 Bachmann, Ingeborg (1926–1973)
4 Bernhard, Thomas (1931–1989)
5 Böll, Heinrich (1917–1985)
6 Brecht, Bertolt (1898–1956)
7 Büchner, Georg (1813–1837)
8 Busch, Wilhelm (1832–1908)
9 Döblin, Alfred (1878–1957)
10 Droste-Hülshoff, Annette von (1797–1848)
11 Canetti, Elias (1905–1994)
12 Dürrenmatt, Friedrich (1921–1990)
13 Ebner-Eschenbach, Marie von (1830–1916)
14 Eichendorff, Joseph von (1788–1857)
15 Fallada, Hans (1893–1947)
16 Fontane, Theodor (1819–1898)
17 Frisch, Max (1911–1991)
18 Goethe, Johann Wolfgang von (1749–1832)
19 Grillparzer, Franz (1791–1872)
20 Grimm, Jakob (1785–1863); Grimm, Wilhelm (1786–1859)
21 Hauptmann, Gerhart (1862–1946)
22 Hebel, Johann Peter (1760–1826)
23 Heine, Heinrich (1797–1856)
24 Herder, J. G. von (1744–1803)
25 Hesse, Hermann (1877–1962)
26 Heyse, Paul von (1830–1914)
27 Hölderlin, Friedrich (1770–1843)
28 Huch, Ricarda (1864–1947)
29 Jacques, Norbert (1880–1954)
30 Kafka, Franz (1883–1924)
31 Kaschnitz, Marie Luise (1901–1974), richtiger Name: Freifrau von Kaschnitz-Weinberg

32 Kästner, Erich (1899–1974)
33 Keller, Gottfried (1819–1890)
34 Kesten, Hermann (1900–1996)
35 Kleist, Heinrich von (1777–1811)
36 Kolb, Annette (1870–1967)
37 Lessing, Gotthold Ephraim (1729–1781)
38 Mann, Thomas (1875–1955)
39 Mommsen, Theodor (1817–1903)
40 Mörike, Eduard (1804–1875)
41 Müller-Gögler, Maria (1900–1987)
42 Paul, Jean (Pseudonym für Johann Paul Friedrich Richter) (1764–1825)
43 Remarque, Erich Maria (1898–1970)
44 Rilke, Rainer Maria (1875–1926)
45 Ringelnatz, Joachim (1883–1934)
46 Rinser, Luise (1911–2002)
47 Roth, Eugen (1895–1976)
48 Rückert, Friedrich (1788–1866)
49 Sachs, Nelly (1891–1970)
50 Scheffel, Joseph Viktor von (1826–1886)
51 Schickele, René (1883–1940)
52 Schiller, Friedrich von (1759–1805)
53 Schnitzler, Arthur (1862–1931)
54 Schwab, Gustav (1792–1850)
55 Schweitzer, Albert (1875–1965)
56 Spitteler, Carl (1845–1924)
57 Sternheim, Carl (1878–1942)
58 Stifter, Adalbert (1805–1868)
59 Storm, Theodor (1817–1888)
60 Thoma, Ludwig (1867–1921)
61 Tucholsky, Kurt (1890–1935)
62 Uhland, Ludwig (1787–1862)
63 Walser, Robert (1878–1956)
64 Zschokke, Heinrich (1771–1848)
65 Zuckmayer, Carl (1896–1977)
66 Zweig, Stefan (1881–1942)